LE MANTEAU DE LA FEMME DE L'EST

DE LA MÊME AUTEURE

chez le même éditeur

Est-ce ainsi que les amoureux vivent?, récits
Que ferons-nous de nos corps étrangers?, récit
Petites fins du monde et autres plaisirs de la vie, récits
Lettres de deux chanteuses exotiques
(en coll. avec Pauline Harvey), roman
Petites vies privées et autres secrets, récits

chez d'autres éditeurs

L'Œil du délire, nouvelles, VLB Éditeur
Mes lunettes et moi, album pour enfants,
Éditions du Raton Laveur

DANIELLE ROGER

Le Manteau de la femme de l'Est

roman

LES HERBES ROUGES

Nous remercions le Conseil des arts du Canada
de l'aide accordée à notre programme de publication.

Les Herbes rouges bénéficie du soutien du ministère
du Patrimoine canadien et de la Société de développement
des entreprises culturelles du Québec pour son programme d'édition.

Dépôt légal : BNQ et BNC, troisième trimestre 1997
© Éditions Les Herbes rouges et Danielle Roger, 1997
ISBN 2-89419-124-3

*À Danielle,
aux femmes fières*

TOMBER À L'EAU

Ce n'est pas le naufrage du *Titanic,* mais ça lui ressemble. Dans le genre catastrophe. Oui, la catastrophe. Celle qui rend l'homme semblable à la bête, et la femme semblable à sa mère.

Inutile de préciser que le sentiment de vivre une telle chose vous rend déraisonnable et injuste. Car quand ça vous arrive, vous ne pouvez pas faire autrement que de le prendre personnel. Se dire que ça arrive aussi à d'autres n'est pas une consolation.

Le bateau sur lequel je m'étais embarquée avec la naïveté d'une amnésique, a coulé. Un voyage pour la vie, qui a duré neuf semaines. Petite croisière. Petite vie. Quelque chose d'imprévu s'est dressé dans la mer du petit bonheur. Et je me suis frappé contre quelque chose de dur. Un homme. Un homme qui me «désaime». Un homme qui me ferme les bras et m'ouvre la porte. Je vous en prie, après vous. Les femmes d'abord. Tellement galant. On sait faire les choses avec élégance. Voilà comment on vous jette à la mer. Avec, pour gilet de sauvetage, un manteau de fourrure. Aussi ridicule qu'inutile. Vestige détestable de tout ce que vous venez de perdre. On vous avait achetée avec un manteau de fourrure. En tout cas, on avait cru qu'on pouvait vous acheter. On vous le laissait. Pour que vous n'oubliiez pas. Pour que ça vous suive et que vous vous sentiez bien coupable. Ingrate. Il était donc juste que vous portiez cette honte sur vos épaules. Au cas où vous auriez la mémoire courte. On vous avait ramassée dans le ruisseau, on vous rejetait à la mer. Et tant pis si vous ne savez pas nager.

Voilà comment une femme fait naufrage. Voilà pourquoi j'ai l'air d'une noyée. Pitoyable avec mes cheveux qui me collent au visage. Il est six heures du matin. C'est l'automne. Il pleut.

DESCENTE DE LIT

Je vivais chez Roch depuis neuf semaines et je croyais que cette fois-ci, c'était parti pour durer. De toute évidence, j'ai manqué de jugement. Car cette nuit, comme dans les films d'épouvante, l'orage a éclaté. Roch a décidé de me «désaimer». Ça ne lui a pas semblé trop difficile. J'aurais dû lui demander le mode d'emploi; ça pourrait me servir dans l'avenir.

Roch avait de la culture et de la mémoire. Il aimait bien citer les grands auteurs. Avec beaucoup d'à-propos, il a cité Proust *«pour une femme qui ne me plaisait pas, qui n'était pas mon genre»*. Car je n'étais pas son genre. Et cette nuit, je le lui ai encore prouvé. Tout de suite après l'amour (précédé du souper fin au restaurant. Il avait payé l'addition et moi j'avais trop bu) sans dire un mot tendre, sans même un regard de femme reconnaissante ni d'amante épatée, je me suis retournée et me suis endormie. «Je roulais sur le côté», pour citer Bukovski. J'ai gardé cette pensée pour moi-même, et j'ai bien fait. Nous n'avons pas les mêmes références littéraires. Non, nous n'étions pas faits l'un pour l'autre.

Quelques minutes plus tard, il m'a réveillée. Assis bien carré dans le lit conjugal. Sa robe de chambre de soie drapée dignement autour de son corps blême. Les yeux rapetissés par l'horreur que mon sommeil lui inspirait, il ruminait toujours la célèbre phrase de Proust. Je n'étais pas son genre. J'étais odieuse. Indigne de son amour et de ses générosités. J'avais osé me retourner et dormir comme une bête repue. Et ce n'était pas la première fois, il y en avait eu d'autres. Il les avait comptées. Mais cette fois-ci, ce serait la dernière. Il avait décidé de me «désaimer». Il me répudiait. Là, ici, tout de suite, sur-le-champ. Après tout, un homme de sa qualité pouvait espérer mieux. La preuve, il avait déjà eu mieux. Et puis, il lui restait encore quelques cheveux. Donc, sa vie d'homme n'était pas encore finie. Mais il n'avait pas de temps à perdre. Rien à dire pour ma défense? Euh. Tout ce que je pourrais dire me calerait davantage. Tu t'enfonces ma pauvre fille. Tu coules. La porte est là.

Dans un état second, endormie, hébétée, j'ai ramassé mes modestes affaires, il ferait livrer le reste à ma future adresse. Puis, Roch a lancé dédaigneusement sur le plancher le manteau de fourrure qu'il m'avait offert, et a insisté pour que je l'apporte. Surtout que je ne laisse pas de trace dans sa vie. Un manteau de fourrure de ce prix, c'est toujours ça de gagné. Moi, au moins, je n'aurai pas tout perdu, m'a-t-il sifflé entre ses dents dans un ricanement plein de mépris.

UNE FEMME À LA RUE

La rue. Avec le bord du trottoir pour s'asseoir et pleurer. Heureusement qu'à cette heure matinale, la rue est déserte. Pas de témoin. Même pas de sacs verts pour assombrir davantage le paysage. C'est une chance. Tant qu'à se faire jeter à la rue, autant que ce ne soit pas le jour où la ville ramasse les ordures ménagères. Est-ce le jour des matières recyclables? Espoir.

On se calme et on se mouche. Et puis on réfléchit. Tout ça devait arriver. C'était inévitable. Avec Roch, ça n'aurait jamais marché. Le nez bien au sec, ça réfléchit mieux. Alors, profitons-en avant que ça ne recommence à couler. N'est-ce pas le temps idéal pour se poser deux ou trois questions fondamentales sur l'amour? Est-ce que j'aime Roch? Est-ce que je l'ai vraiment aimé? Sincèrement, est-ce que j'aurais été capable de l'aimer? Négatif (comme ils disent dans les films de science-fiction). Mais alors pourquoi les larmes continuent-elles de couler obstinément sur mon visage? Pourquoi est-ce que je me sens si malheureuse? Quelque chose ne va pas avec moi. Peut-être qu'en ce moment même, je suis cette femme qui n'est même pas mon genre. Moi-même, je n'ai pas envie de vivre avec elle. Celle-là, assise sur le bord du trottoir, sous la pluie, la face inondée de larmes de crocodile pour un amour qui n'a même pas existé. Une femme indigne. Une femme jetée à la rue. Une femme qui va très bien avec le décor sinistre d'une rue sous la pluie.

*

Sept heures. Enfin une lumière au bout du tunnel. Le café d'en face vient d'ouvrir. Voilà au moins un moyen de limiter les dégâts. Il n'y a rien de plus lourd à porter qu'un manteau de fourrure trempé.

Lève-toi et marche. Un peu de courage. Fais une femme de toi. Une autre femme, si possible.

BIENVENUE CHEZ LES MISÉRABLES

Le café Les Misérables porte bien son nom. Aussi moche à l'intérieur que vu de l'extérieur. Pour y entrer, il faut contourner le chien d'un habitué de la place. Il attend son maître, le nez collé à la porte, les yeux humides, la langue pendante d'espoir. Un chien ridicule dans son chandail de hockey. Je suppose que la vue de cette pauvre bête a achevé d'en déprimer plusieurs. Ce matin, c'est mon cas. Mais l'avantage du café Les Misérables, c'est qu'il ouvre tôt. D'ailleurs le lieu est peuplé des restes de la nuit. Noctambules défraîchis, les yeux pochés, la bouche amère. Femmes fatales sur le retour, qui ont passé la nuit à boire seules et qui ne s'y font pas. Philosophes incompris qui continuent à parler dans le vide. Éternels apprentis poètes. Artistes ratés qui s'acharnent. Et la folle du quartier qui parle à sa sacoche. Et puis, le propriétaire du chien, un gros chauve qui semble connaître tout le monde et interpelle tous et chacun d'une voix tonitruante. Le café Les Misérables est sûrement le lieu le plus déprimant où échouer pour une survivante de naufrage. Mais, bon, il ne pleut pas à l'intérieur. Le café est fort et chaud. Et puis, ici, personne ne vous regarde de biais si vous entrez avec un manteau invraisemblable et que vous avez l'air de Peau d'Âne avec votre bête noyée sur le dos. Mais, il y a le journal du matin. Indispensables, les petites annonces bien fraîches quand on se retrouve sans rien et qu'on a besoin de tout.

Bien sûr, ce n'est pas mon premier naufrage. J'ai connu pire, mais je vieillis et je suis fatiguée de ce genre de vie. À vingt ans c'est poétique, à trente ans c'est courageux, à quarante ans c'est déplacé. Alors, reprends-toi, ma fille. Écrase ta cigarette et attaque ces merveilleuses annonces, pleines de promesses d'une vie meilleure. Ne sois pas cynique et fais-le sans ricaner, si possible. Cherche-toi un espace vital, un abri. T'es capable. Tous les animaux sont capables.

Appartements à louer. Vu l'état de mes finances, cherchons parmi les «un-et-demi, tout compris». J'élimine les «luxueux», les «idéal pour professionnel», mais évite quand même les sous-sols. Réaliste, j'essaie de m'imaginer encore une fois dans un immeuble décrépit, avec odeurs de steak haché dans les couloirs, bruits de télé des voisins dès l'aube, gros monsieur en camisole sur les balcons, petites vieilles paranoïaques qui entrouvrent leur porte et glissent un œil soupçonneux au-dessus de la chaîne de sûreté, à chaque fois que vous passez. J'imagine l'état des lieux. Le coin cuisine qui est aussi le coin des coquerelles. La salle de bains qui diffuse le doux bruit de la chasse d'eau des voisins. Le divan-lit en cuirette. Les rideaux hideux. Le tapis taché. La table en arborite où il fait si bon manger seule, vite et mal. Misère! Mais il y a quand même des avantages. «Tout compris», comme c'est rassurant de savoir que la taxe d'eau sera payée, que l'appartement sera chauffé et qu'on vous fournit le poêle et le frigidaire. Au moment où, découragée, je viens pour refermer le journal, je tombe sur cette annonce : «Un-et-demi, tout compris, face au parc Lafontaine, vue superbe.» La vue. Ah oui! une belle vue, c'est bon pour le moral. On peut tourner le dos à son intérieur et on regarde le vaste monde dans toute sa splendeur. Voilà ce qu'il me faut.

Je ramasse ma fourrure encore mouillée et sors. Le chien me regarde en geignant. Je suis dans le genre de situation où une femme ne doit surtout pas se retourner pour regarder en arrière. Ça pourrait être fatal.

UN «TOUT COMPRIS» AVEC UN ÉLÉPHANT

Ici, le concierge porte le titre de «surintendant». C'est écrit en lettres dorées sur sa porte. Il m'invite à visiter le «un-et-demi» en question. C'est vite fait, je n'ai qu'à tourner sur moi-même. C'est le décor habituel. Divan-lit en cuirette, tapis taché, rideaux hideux, coin cuisine avec coquerelles tapies dans les armoires. Je m'assois et soupire, accablée.

Le surintendant pose sa main sur la manche de mon manteau et me dit : «Vous pouvez pleurer si vous voulez. J'ai l'habitude. Beaucoup de femmes pleurent quand elles viennent visiter.» Je lui réponds que non, ça va aller. Il me dit d'enlever mon manteau, qu'il va le faire sécher près du calorifère. Et puis, il me parle du chauffage. Un bon vieux système de chauffage, du solide, du fiable, on en fait plus comme ça. Des calorifères à l'eau chaude, ça, ça chauffe! L'enfer! Oui, son système de chauffage, on peut compter dessus. C'est pas comme la chaleur humaine qui fait défaut quand t'en as le plus besoin. En plus, c'est compris dans le prix du loyer.

Est-ce que je le prends? J'hésite. À ce prix-là, vous aurez pas mieux, ajoute-t-il d'un ton paternel. Oui, je le sais que j'aurai pas mieux. Je le sais tellement que je me mets à pleurer. Le surintendant va chercher mon manteau et le met sur mes épaules, à l'envers, la fourrure à l'intérieur. Ça me bouleverse parce que c'est le genre de geste qui peut sauver des vies. Et voilà que tout à coup ma tristesse se transforme en reconnaissance. Ça me fait pleurer davantage. Mais, bizarrement, il y a plus de larmes que de peine. C'est comme éclater en sanglots après un accident. Quand on constate qu'on a rien de cassé, que la vie va continuer comme avant. Je voudrais lui dire ce que je ressens. Mais je ne sais pas comment. Alors, je lui dis juste «merci» et j'ajoute : «Vous n'êtes pas un concierge normal.» Il me répond, en bombant le torse : «C'est parce que je ne suis pas concierge. Je suis surintendant.»

Et puis, je pense à l'annonce, à la vue qu'on disait superbe. Je lui demande ce qu'on voit par la fenêtre. Il dit, tout excité : «C'est vrai, vous avez pas vu le plus beau.» Il m'amène devant la fenêtre, tire le rideau d'un geste théâtral, en disant tout bas : «Ça tombe bien, il est là.» Je m'approche et je le vois! Un éléphant! Là, juste en bas, en face, à côté de sa cabane avec piscine. L'éléphant du parc Lafontaine!

«Et c'est compris dans le prix du loyer», me dit le surintendant avec fierté.

Alors, je dis oui. Je ne sais pas ce qui m'a décidée, la vue sur l'éléphant ou la bonté du concierge. Mais je dis : «Oui, je le veux.» Les poings serrés, les yeux fermés, comme on s'engage pour la vie. Pour le meilleur et pour le pire.

LA FRAGILITÉ MÈNE UNE CHIENNE DE VIE

Quatre heures du matin. Je ne dors pas. Je ne pense presque plus à Roch. Mais si je m'endors, je sais que je vais encore rêver à lui. Il me jette à la porte. À la poubelle. Ou à la mer, pendant le naufrage du *Titanic*. Je rêve aussi que je déménage en cachette la nuit, parce que je n'ai plus d'argent pour payer le loyer. J'arrive avec toutes mes affaires devant la cabane de l'éléphant et j'espère qu'il va me laisser une petite place.

Je ne pense presque plus à Roch. Je ne pense qu'à la façon dont je me suis baissée pour ramasser mon manteau quand il l'a jeté par terre. Quelque chose en moi s'est rompu. Une partie de moi est tombée par terre dans un bruit de verre cassé. En miettes, je suis une femme en miettes qui se penche pour ramasser ce qui reste d'elle aux quatre coins de sa chambre. Mais ce que je trouve, ça ressemble toujours à de la poussière. Évidemment, qu'est-ce que j'espère trouver d'autre? Peut-être cette partie de moi qui est tombée et ne s'est jamais relevée.

Je passe des heures à la fenêtre à regarder l'éléphant. Je le regarde aller et venir dans son enclos. Sans but. Une vie sans but. Comme la mienne. Moi non plus, je ne fais rien de ma vie. Je perds mon temps. Je ne cherche pas de travail. Je ne fais pas de ménage dans ma chambre. Aujourd'hui, je me suis enfin lavé les cheveux. Ça m'a épuisée. Je me suis couchée en plein après-midi et j'ai rêvé que mon manteau de fourrure me faisait un procès. Quand je me suis réveillée, il m'a semblé qu'il me regardait et j'ai cru qu'il allait se mettre à bouger. J'ai peur de devenir folle. Folle comme la femme du café Les Misérables qui parle à sa sacoche. Hier matin, je l'observais au café. Je sais, l'observation des fous n'est pas une activité saine et mieux vaut s'adonner à l'observation des oiseaux sauvages ou même des pigeons. Mais je ne suis pas raisonnable. Toujours attirée vers le bas. La loi de la gravité, je la respecte trop. La folle cherchait quelque chose au fond de sa sacoche. Elle a bu trois cafés tout en accusant sa sacoche de l'avoir, une fois de plus, volée.

J'ai peur de devenir comme elle. Est-ce ainsi quand on a plus personne pour vous écouter et que même les miroirs refusent de vous regarder en face pour vous dire la vérité? Sacoche, Sacoche, dis-moi qui est la plus moche?

À l'intérieur, tout bascule. C'est la panique. J'ai peur. Je n'ai personne à qui me confier et je ne veux pas commencer à parler aux objets. Je suis seule. Tout le monde dort. Même l'éléphant. Je me plante devant l'armoire à pharmacie. Je fais l'inventaire. Ai-je de quoi mourir? Même pas. Peut-être juste de quoi faire un tour en ambulance.

Sans réfléchir, je descends et je frappe sur le S du mot surintendant. Il m'ouvre tout de suite, pas surpris de trouver une femme échevelée, en état de crise, à cette heure de la nuit. Il me demande seulement s'il y a quelque chose de brisé. Je réponds : «Oui. Moi.»

UNE NUIT RÉPARATRICE

Le surintendant monte chez moi avec sa cafetière. Il ne s'en sépare jamais.

Assis, côte à côte, sur la cuirette froide du divan-lit, nous buvons notre premier café de la nuit. Je lui raconte mon naufrage, mes cauchemars, ma peur de devenir folle. Je lui parle de mon sentiment d'avoir tout perdu. Même ma dignité.

Le surintendant me raconte qu'il a déjà lui aussi perdu sa dignité. Il la vendait tous les soirs dans les bars gais où il était danseur nu. L'alcool et la drogue lui ont permis de tenir le coup. Mais ça lui a coûté cher. Alors, il y a eu la prostitution après les heures de travail, pour gagner plus. Et puis, les dettes. Les menaces. Les promesses. Les mensonges. Finalement, son amant l'a mis à la porte. Et puis le club aussi l'a mis à la porte. Il a commencé à «travailler» au parc Lafontaine. Jusqu'au matin où il s'est réveillé avec un inconnu qui lui a annoncé sa mort prochaine. Un gars qui avait peur de mourir seul et qui venait peut-être de le contaminer. Il s'accrochait à lui en disant : «Nous finirons nos jours ensemble.» Le surintendant s'est enfui. Il est allé passer le test à la clinique et il a attendu. Tout seul. Avec sa peur de mourir. Finalement, le test était négatif. Survivant de la catastrophe du siècle! Et tant qu'à survivre, il a décidé de bien le faire. Changer de vie. Il a pris sa retraite. Maintenant, il ne danse plus. Il ne sort plus. Finie la drogue. Fini l'alcool. Il ne drague plus. Il ne baise plus. Il me dit que quand on a vécu comme lui, la retraite à trente ans, c'est pas trop tôt. Et puis, il est venu ici. Il cherchait un appartement; le propriétaire cherchait un «surintendant». C'est le mot «surintendant» qui l'a fait se décider. Il a accepté. Pour avoir un titre. Il s'est dit que la dignité, ça pouvait commencer avec un titre. Et puisque c'était celui de «surintendant» qui était disponible, il a pris celui-là. Oui, il a choisi de bien survivre à la catastrophe du siècle. «Quand tout le monde tombe autour de toi. Quand tous les hommes se couchent. Toi, tu restes debout. Parce qu'ici, en face du parc, il y a toujours quelqu'un qui a besoin d'un homme encore debout. Il y a toujours quelqu'un de brisé. Ça demande réparation. Le surintendant est là pour ça. Ma télé, ma cafetière; je veille.»

La cafetière est vide. Malgré toute la caféine que j'ai absorbée, je me sens calme. Apaisée. J'ai avalé l'histoire du surintendant comme un médicament. Le malheur des autres est un remède qui a fait ses preuves. Ça soulage de savoir qu'on est pas tout seul à avoir mal vécu. Je suppose que ça lui a fait le même effet, parce qu'on s'est endormis. Comme les enfants des livres d'images. Deux enfants égarés dans la forêt qui s'endorment à bout de forces et de larmes, au pied d'un arbre.

UN CERTAIN MALAISE

En attendant l'autobus pour aller au bureau d'aide sociale faire ma grande demande, je pense à mon échec avec Roch. Cette histoire n'a pas fini de me déprimer. Et pourtant, il ne s'agit même pas d'une peine d'amour. Alors, qu'est-ce que c'est? Une chose est sûre, je ne suis pas fière de moi. Je dirais même que la honte est à ma porte et qu'elle s'apprête à frapper fort et longtemps. Pourquoi suis-je allée vivre avec cet homme que je n'aimais pas vraiment? De toute évidence, j'ai été lâche. N'écoutant que ma peur, ma peur de la solitude, ma peur de manquer de sexe et, surtout, ma peur de la misère sous toutes ses formes. Parce que la misère, j'en avais assez de vivre dedans. Roch pouvait m'aider à en sortir. Je n'avais qu'à entrer dans sa vie. Oui, Roch m'ouvrait des portes. À commencer par celle de son frigo. Devant toute cette nourriture qui n'avait rien de spirituelle, j'ai dit : «Oui, je le veux.»

Et où ça m'a-t-il menée? Pas loin. Juste ici, sur le coin de la rue à attendre l'autobus pour aller tendre la main devant le guichet d'un fonctionnaire écœuré des gens comme moi. Remplir des formulaires et répondre à des questions embarrassantes. «De quoi avez-vous vécu les derniers mois?»

Je dis au fonctionnaire que j'ai été malade et je promets de revenir avec un papier du médecin. Encore une promesse que je ne pourrai pas tenir. Encore une impasse. Mieux vaut penser à autre chose. Mieux vaut s'attaquer à un autre problème. J'ai l'embarras du choix. Je manque de tout. Mon portefeuille est vide. Mon lit est vide. Mon cœur est vide. Y a-t-il un homme que je puisse aimer en ce monde? Voilà une question qui peut occuper sa femme, longtemps.

LES PETITES ANNONCES

On se dit, «voilà une chose que je ne ferai jamais», et puis on s'aperçoit qu'on est en train de la faire. Mais il est trop tard pour revenir en arrière. On a commencé. On ira jusqu'au bout. C'est dans cet état d'esprit que j'avais commencé à répondre aux petites annonces. Rencontrer un homme de cette façon n'était peut-être pas aussi terrible que ça en avait l'air. Je faisais cela très méthodiquement comme si je cherchais un emploi ou un appartement à louer. Au début, j'avais tendance à être très sélective. Ce qui fait que je ne retenais aucun candidat. Très vite je suis devenue moins difficile. Je me contentais d'éliminer les non-fumeurs. Mon journal sous le bras, j'allais au café Les Misérables tous les matins. C'était bruyant et plein de courants d'air. La serveuse, de toute évidence, n'est pas dans son assiette. Elle est dans celles de certains clients qui n'arrêtent pas de la harceler. C'est une jeune fille trop douce qui ressemble à Donalda, la femme de Séraphin. Une femme résignée. Qu'est-ce qu'elle fait ici? Ce n'est pas sa place. Mais je suppose que de nos jours, les jeunes filles trop douces doivent vivre ainsi; forcément déplacées. Dehors, devant la porte, je voyais le chien du chauve. Oui, tous les matins étaient sinistres et pareils. Le même journal. La même détresse dans les petites annonces. La même lourdeur dans mes membres. Le même brouillard dans ma tête. Le même bruit de fond (tasses entrechoquées, machine à espresso, chaises déplacées). Et puis, le même chien, dehors. Un bulldog avec un chandail de hockey, qui attend sans désespérer.

RENDEZ-VOUS AU PALACE DELICATESSEN

Quelqu'un m'a donné rendez-vous au Palace Delicatessen. Il est en retard. Tandis que j'écrase rageusement ma quatrième cigarette, j'aperçois une tête qui longe les pots de piments forts, de l'autre côté de la vitrine. Je suppose que c'est lui. Il entre et me cherche. Je ne suis pas difficile à identifier, je suis la seule femme dans ce restaurant fréquenté par des chauffeurs de taxi. Oui, il est très en retard, mais je suis toujours là, à l'attendre. En doutait-il seulement? Je réussis à trouver (mais très très loin en moi) la force de sourire. Lui ne se donne pas cette peine. Ça ne me surprend pas. Ne m'a-t-il pas déjà raconté un peu de sa vie, au téléphone? C'est une victime. C'est un homme qui entretient des rapports très difficiles avec la société en général et les femmes en particulier. Il se définit comme un malchanceux. Il a le regard humide et des poches sous les yeux. C'est un homme fatigué de vivre. Je voudrais que ça me touche, son triste sort, et je fais appel à ce qui me reste de compassion. Inutilement. Peut-être ai-je épuisé mes réserves. Je regarde le dessus de sa tête. Une drôle de tête. Avec des cheveux bizarres. Rares, ternes, presque morts. Pendant deux heures, il me parle de ses malaises, ses accidents, ses opérations. S'il lui manque deux doigts, c'est à cause (paraît-il) du capitalisme et d'un chirurgien qui abusait du scotch. Je l'écoute patiemment. Je n'ai rien d'autre à faire. C'est samedi soir et je n'ai pas le courage de rentrer chez moi tout de suite. Vers minuit, quand je sens enfin venir le sommeil, je lui dis que je veux rentrer. Il me raccompagne et tout le long du trajet, il garde le silence. Devant ma porte, il me remet un carton d'allumettes avec son numéro de téléphone écrit à l'intérieur, et part la tête basse, le corps accablé. Mon projet immédiat est d'essayer de ne pas me sentir coupable. Ni obligée de le rappeler.

LA LOI DE LA JUNGLE

Un soir, au café Les Misérables, j'ai rencontré la Panthère grise. Un homme aux cheveux gris qui se déplaçait comme un fauve qui cherche quelque chose, ou quelqu'un à se mettre sous la dent. Je l'avais déjà aperçu dans le quartier. Il semblait vivre un peu comme moi. Marchant inlassablement dans les rues. Traînant son ennui dans ce café de misère avec l'espoir que le temps passe plus vite, que sa vie change un peu. Il m'a abordée un soir vers dix heures. Je revenais d'un rendez-vous décevant avec un gars des petites annonces.

Dans l'annonce, le candidat avait précisé qu'il cherchait une femme propre, distinguée, ayant de la culture et de la classe. Je m'étais donc attendue à rencontrer un monsieur raffiné. Grossière erreur et folle espérance. Le gars avait l'air d'un clochard qui sort vaincu d'une bataille avec un chat enragé au fond d'une poubelle. Je m'étais préparée à causer peinture, musique, poésie. Ça n'a pas été utile. Il voulait parler de sexe. Est-ce que j'avais des tabous sexuels? Est-ce que j'avais déjà fait l'amour à trois? À quatre? Avec une femme? Est-ce que cette conversation m'excitait sexuellement? On pourrait aller baiser tout de suite, m'avait-il proposé en se crispant l'œil gauche de façon très inesthétique. Je m'étais enfuie. J'avais couru jusqu'au café Les Misérables. Parce qu'il n'était pas question que je rentre chez moi tout de suite. Mon voisin pratiquait avec son groupe, L'Incroyable Hulk. J'avais donc échoué devant la porte du café où le chien en chandail de hockey attendait toujours en bavant sur le trottoir. La vue de ce pauvre chien n'a pas arrangé les choses. Je suis entrée et me suis laissée tomber sur une chaise sans même enlever mon manteau.

La Panthère grise, flairant sans doute la bonne odeur de proie facile, a bondi sur l'occasion et par le fait même sur la chaise en face de moi. Bien sûr, il s'est montré poli et m'a demandé s'il pouvait m'offrir un café ou un verre. J'ai choisi le verre. Un verre de n'importe quoi à quarante pour cent d'alcool. Autant oublier au plus vite cette affreuse soirée. Et puis, il faut dire que je n'étais pas en situation de refuser une chose gratuite. La Panthère grise avait de la conversation, au moins vingt ans de plus que moi, une vaste expérience des femmes en détresse. De plus, il savait inspirer confiance et poser les bonnes questions. Je me suis mise à lui raconter ma vie. La solitude. La pauvreté. L'endroit minable où j'habitais, le bruit de mon voisin, L'Incroyable Hulk, les petites annonces. Trois verres plus tard, la Panthère grise m'invitait à aller habiter chez lui, ajoutant que j'étais belle et charmante et qu'il ne comprenait pas pourquoi une femme comme moi pouvait être encore seule et démunie. Il ne comprenait pas pourquoi, mais il n'allait pas attendre de trouver la réponse pour profiter de la situation. Il m'a parlé de sa solitude, de son appartement trop grand, de son argent, de l'âge qui n'avait pas d'importance pour les grands esprits. L'alerte rouge s'est alors mise à clignoter dans ma tête. Vite une sortie de secours. J'ai calé mon verre et je suis partie en le remerciant infiniment et sincèrement (j'en avais les larmes aux yeux) de sa générosité et je lui ai promis de réfléchir à sa proposition. Oui, demain, on pouvait se revoir. Même heure. Même place.

PETITE MUSIQUE DE NUIT

Quand je suis rentrée, la porte de mon voisin était ouverte. Couché sur le dos, par-dessus une couverture verte, Hulk ronflait. Le corps raide, la bouche ouverte, face à l'ampoule de deux cents watts allumée au plafond. Vision macabre. On aurait dit un corps sur une table d'opération, ou pire, chez l'embaumeur. Heureusement, la saleté, l'odeur de bière et de «pot», le désordre, les bouteilles jonchant le plancher autour du lit, me rappelaient le lieu et la situation réelle. J'étais devant la chambre de L'Incroyable Hulk qui s'était endormi bouche et porte ouvertes. Tout était normal. J'habitais juste à côté. Je n'ai pas éteint la lumière ni refermé la porte. La soirée affreuse que je venais de passer me rendait superstitieuse. Tout geste pourrait se retourner contre moi. Et puis, ce soir, j'en avais assez fait.

Je suis allée me coucher avec un somnifère et l'espérance de ne pas trop faire de cauchemars. Je n'en ai pas fait. Je n'en ai pas eu le temps. Réveillée une heure plus tard par un cri horrible venant de la télévision que Hulk écoutait toujours avec le volume au maximum. De ma chambre, j'ai pu suivre les intrigues palpitantes d'au moins trois films. Sirène d'ambulance. Performances de cascadeurs. Accidents de voitures. Coups de feu. Une voix d'homme criant: «Lâche-moé mon écœurant!» Pub de poulet frit Kentucky.

33

Changement de canal. Cris hystériques d'une femme. «Salaud!» Porte claquée. Sonnerie de téléphone. Voiture qui démarre. La femme pleure. Pub d'assurance vie. Changement de canal. «J'ai rien fait, c'est pas moé, sacrament!» Pub de poulet frit. Changement de canal. Fin d'une pub en anglais. Changement de canal. Musique épeurante. Orage. Tonnerre. Une femme hurle. Hulk éclate de rire.

Ça m'a empêchée de dormir, mais ça m'a permis de réfléchir à ma situation. O.K., je vis dans un film d'horreur. Mais il y a sûrement moyen de changer le scénario. Demain, je n'irai pas au rendez-vous de la Panthère grise. J'irai lire mon journal ailleurs. Je consulterai d'autres genres d'annonces. Des offres d'emploi. Des appartements à louer. Des thérapies contre l'angoisse.

LES CHOSES MATÉRIELLES

J'ai dormi tout l'après-midi. J'ai rêvé qu'il ne me restait qu'un dollar pour subsister le restant de mes jours. J'entrais dans une épicerie et je cherchais quelque chose à un dollar, quelque chose qui durerait longtemps. Je ne trouvais rien qui convienne. Il n'y avait que des aliments périssables, des salades aux feuilles fatiguées. Découragée, je suis sortie avec l'idée de marcher jusqu'à la prochaine épicerie. Je suis passée devant une maison de chambres que je n'avais jamais remarquée dans le quartier. C'était un bordel. Devant la porte, des filles à l'allure vulgaire racolaient. L'une d'elles m'invitait à entrer. Dans le hall, une fille en robe de chambre vernissait les ongles d'une autre fille. Celle qui m'avait entraînée à l'intérieur m'expliquait comment ça fonctionnait. Chaque fille devait porter du vernis à ongles, ça faisait partie des instruments de travail. Il y avait trois couleurs de vernis à ongles. Les ongles roses, c'était pour les clients chics. Un travail plus exigeant. Plus long. Mais beaucoup mieux payé. Plus rare aussi. Alors il fallait faire preuve de polyvalence. Les ongles orange, c'était pour les clients ordinaires. Pas toujours faciles à identifier. La tarif n'était pas très élevé, mais plusieurs laissaient de bons pourboires. Les ongles rouges, c'était pour les clients louches, les fous et les infirmes. Du travail vite fait, mal payé, sans compter le risque que les choses tournent mal. Mais ces clients-là étaient nombreux. Ce qui n'était pas à négliger. Les filles me montraient leurs mains. Des pouces roses, des index orange ou rouges. Selon le client, elles leur faisaient signe avec le doigt où l'ongle était peint de la couleur appropriée. Mais certaines étaient obligées de se spécialiser. «Les temps sont durs. Il faut bien vivre», me confiait une fille dont tous les ongles étaient rouges. Ensuite, elle m'a dit : «Toi, c'est évident, tu as besoin d'argent.» Elle a pris ma main et en examinant mes ongles, elle a ajouté : «Combien tu gagnes avec ça?» J'ai avoué que je n'avais qu'un dollar jusqu'à la fin de mes jours et que je ne gagnais rien. Ç'a causé tout un émoi. Les filles étaient scandalisées. Elles se sont mises à s'agiter autour de moi, en sortant d'un placard des robes, des bas et des porte-jarretelles, ainsi qu'une couverture et un oreiller. Je ne savais plus quoi dire ni quoi faire. Je me laissais peu à peu convaincre de travailler avec elles. Mais je m'inquiétais beaucoup. Car je n'étais pas certaine d'avoir les ongles assez durs.

UNE FILLE INQUIÉTANTE

Je ne fréquentais plus ma famille. Mes parents s'étaient découragés. Avant, quand mon père venait chez moi, il examinait les prises électriques, en criant «au feu!». Il ne comprenait pas pourquoi je m'obstinais à vivre dans de petits logements vétustes et sordides, au lieu de faire une demande au gouvernement pour obtenir un logement subventionné. «Une place pour les filles comme toi», ajoutait-il. Ça me déprimait tellement que je refusais de remplir le formulaire qui m'aurait permis à moi aussi d'avoir des armoires de cuisine en mélamine, sans coquerelles à l'intérieur. Maintenant, mon père se contente de noter ma nouvelle adresse sur un bout de papier. Il ne vient plus constater l'état des lieux. C'est meilleur pour sa santé.

Ma mère, elle, avait assez intimement connu la misère pour ne plus s'étonner de rien. Elle se berçait à côté de la fournaise en soupirant «p'tite vie». Pour ma mère, tout était l'effet de la fatalité et on ne pouvait rien faire pour changer le cours des choses. Il fallait attendre que ça passe. Ça. La vie. La petite vie. Ma mère ne croyait pas au bonheur. Mais elle croyait à une certaine forme de courage. L'endurance. Malheureuse, oui, mais pas tuable. Voilà quelle femme je devais être. Pour elle, la pire chose qui puisse arriver à une femme, c'est de se mettre au lit en plein jour avec une boîte de kleenex ou de passer l'après-midi à traîner en pyjama dans une maison en désordre. Pendant des années, j'ai essayé de pratiquer l'endurance. Il est possible que je me sois mise exprès dans des situations invivables juste pour voir jusqu'où je pouvais supporter la douleur sans craquer. Mais je n'ai pas réussi à m'endurcir. J'en ai conclu que ce n'était pas héréditaire.

VIE NOCTURNE

Les fins de semaine, pour ne pas dépenser d'argent, je me couchais à sept heures. C'est ainsi que, peu à peu, mes nuits sont devenues plus importantes que mes jours. Au moins, la nuit, il m'était possible de rêver. Et pour rêver, je rêvais.

Une nuit, je voyageais en Égypte, où je survivais à une épidémie de choléra et à un tremblement de terre (dans lequel, toutefois, j'avais perdu une boucle d'oreille). Couchée au fond d'une barque qui dérivait doucement sur le Nil, je déshabillais un jeune Égyptien en lui racontant une longue histoire à propos des mystères de la vie.

Une autre nuit, j'étais en Algérie avec un Arabe que j'avais épousé et qui m'avait fait deux enfants à la peau noire. Sa mère, qui m'avait promis de m'offrir un magnifique tapis oriental en cadeau, me donnait, à ma grande déception, un tout petit paquet dans lequel il n'y avait qu'une débarbouillette. Mon beau-père, lui, disait qu'il ne fallait pas nous laisser partir. Qu'il n'était pas bon pour son fils d'aller vivre en Occident, surtout avec une femme comme moi, qui ne connaît pas la valeur des choses.

Il m'arrivait de mal dormir et de me réveiller en sueur, comme cette nuit où j'ai rêvé qu'on m'avait engagée pour chanter dans un opéra sur une île des Caraïbes. Il s'agissait d'une tragédie grecque. Il était question de la nécessité de se porter volontaire pour être pendue, afin de permettre à ses enfants devenus adultes de mieux vivre. Je jouais le rôle de la mère indigne qui refuse de se faire pendre. Pendant que le chœur chantait ce passage, je devais faire semblant de masturber une corde. À l'entracte, le directeur de la troupe venait me dire que c'était ce que je faisais de mieux, masturber une corde. Que ç'avait l'air très réaliste. Dans la deuxième partie, les choses se gâtaient. J'avais perdu mon texte, alors je chantais les répliques d'une annonce publicitaire vantant les mérites d'un produit ménager de couleur verte. Le directeur, furieux, me mettait à la porte. J'étais découragée à l'idée de devoir rentrer au Canada, à pied.

UNE AUTRE FEMME, SI POSSIBLE

Il y a des moments dans la vie d'une femme, où elle ne se reconnaît plus. Où elle ne veut plus se reconnaître. Il y a des événements qu'elle n'aurait jamais voulu se voir vivre.

C'est comme si la vie, tout à coup, nous avait jetée par terre. Et qu'on était mal tombée. La jupe par-dessus la tête. Tout ce qu'on espère, c'est qu'il n'y ait pas eu de témoin. Après, quand on se relève, on évite les miroirs. Et s'il nous arrive, par inadvertance, en se brossant les dents par exemple, de rencontrer notre pauvre regard, on se dit : non, ceci n'est pas moi. Cette femme que je vois ici en face n'est pas moi. Je suis quelqu'un d'autre. On voudrait être quelqu'un d'autre. Une autre femme.

Alors, on commence à l'imaginer. Et c'est elle, désormais, qu'on regarde vivre.

Ça devient une forme d'espoir.

UN MANTEAU DE MISÈRE

Toute femme pose, un jour, un geste qui lui échappe. Moi... j'avais volé le manteau d'une inconnue dans un café.

C'était un manteau moche, en tissu gris, usé, avec un collet noir. Un vieux manteau trop grand pour moi, auquel il manquait un bouton. Mais les poches étaient parfaites pour quelqu'un qui éprouve le besoin de transporter un certain nombre de choses. Mes clés, mon paquet de cigarettes, mon portefeuille, un rouge à lèvres, un miroir, une bonbonne de Ventolin contre l'asthme, une boîte de Tylenol fort, une roche ramassée sur une route de campagne un certain dimanche et qui me servait de porte-bonheur, tout cela avait sur moi un effet très rassurant.

J'avais tellement besoin d'être rassurée. Tout me faisait peur. Le froid, la neige, la pluie, les trottoirs glissants, les pannes d'électricité, le coucher du soleil, les regards des passants, les caissiers à la banque. Aller à la banque était toute une aventure. Avant de me décider à y aller, j'hésitais pendant des jours. Et quand j'arrivais enfin devant le guichet du caissier, je bafouillais, avais peur de me tromper dans les chiffres, les transactions, ou de signer d'une façon différente et qu'on m'accuse d'être une autre. Peur aussi de perdre le chèque, l'argent, ou d'être victime d'un hold-up. Comme d'habitude, je manquais d'argent et, pour la première fois, je trouvais ça atroce. Je ne savais pas pourquoi, mais depuis ma rupture avec Roch, tout me paraissait plus difficile.

VOLEUSE D'OCCASION

Quand j'ai vu la femme entrer au café avec ce manteau, j'ai pensé : voilà ce qu'il me faut. Voilà l'image de la misère noble. Le manteau ressemblait à celui que portait une femme de l'Europe de l'Est. Une femme que j'avais vue dans un film. Je ne me rappelais pas du visage de la femme, mais je n'avais pas oublié ce manteau qu'elle portait dans presque toutes les scènes du film.

Dehors, il faisait toujours froid, et bleu foncé. Quand la femme de l'Est tournait le coin d'une rue, elle remontait son collet et serrait son manteau plus près de son corps. Souvent, elle portait un châle sur la tête, quand elle faisait la queue pour obtenir un sac de patates. Parfois, aussi, on la voyait attendre à l'intérieur d'un bâtiment sinistre. Quand son tour venait, elle entrait dans un bureau et essayait d'expliquer quelque chose à un fonctionnaire. D'autres fois, elle n'avait pas de châle sur la tête. On voyait alors ses cheveux blonds agités par le vent. Elle marchait sur un pont, allait rencontrer un homme qui vivait dans une petite chambre sombre. Elle revenait de cet étrange rendez-vous en pleurant. Sa vie n'avait pas l'air drôle. Mais sa misère était noble, vu que dans ce pays de l'Est, ça allait mal pour tout le monde. Personne ne pourrait dire de cette femme qu'elle était faible et se plaignait pour rien. Non, elle était perçue comme une femme forte et courageuse. Et on pouvait comprendre que tout ce qui lui arrivait, ce n'était pas de sa faute.

Lorsqu'elle s'est levée pour aller aux toilettes, j'ai profité de l'occasion. Je suis allée déposer mon manteau sur le dossier de sa chaise, et j'ai pris le sien. Puis, je suis sortie du café en courant.

En rentrant chez moi, j'ai gardé le manteau sur mes épaules, je me suis assise devant la fenêtre. L'éléphant était là, désœuvré, il faisait le tour de sa cabane. J'étais là à regarder l'éléphant et j'imaginais que ma vie changerait avec le manteau volé. Peut-être que je me sentirais mieux. En tous cas, différente. Comme transformée. Une femme qui porte ce manteau-là peut se dire : «Tout est normal. J'arrive de l'Europe de l'Est. Je suis une femme qui essaie de s'en sortir. Il y a encore de l'espoir. C'est une nouvelle vie qui commence.»

Bientôt, je n'aurai plus peur d'aller à la banque et je serai bien contente de ne pas devoir faire la queue pour obtenir des patates. J'achèterai du riz, des spaghettis, du fromage, des soupes en enveloppe. Et surtout, je marcherai la tête haute.

LE RÈGNE VÉGÉTAL

Le temps passe et le manteau de la femme de l'Est n'a pas encore changé ma vie. Peut-être faut-il le sortir plus souvent et l'amener ailleurs qu'au café Les Misérables. Je décide donc d'aller promener mon manteau du côté d'Outremont. Là où je ne vais jamais. Dans ces rues fraîches et vertes tellement il y a d'arbres et de pelouses. L'air est meilleur. Parfumé. Oui, l'argent a une odeur. Je me sens un peu comme en voyage. Après tout, je viens de changer de ville. J'entre dans une boutique et j'achète une plante verte. Pour la protéger du vent et du froid, je la mets à l'intérieur de mon manteau pour revenir à Montréal. En arrivant, je l'installe devant la fenêtre et je l'arrose en pensant que ce serait bon pour moi d'avoir à m'occuper d'une chose vivante. Puis, je fais une sieste, ma journée est faite.

Un peu avant minuit, on frappe à la porte. C'est le surintendant et sa cafetière. Je suis bien contente de lui montrer ma plante. Après l'avoir examinée, il dit : «Encore une qui a besoin d'être réparée.» Il m'explique qu'il faut enlever les feuilles abîmées avant qu'elles ne fassent dépérir les autres. Il branche sa cafetière et on attend que le café soit prêt en regardant ma plante. C'est vrai qu'elle n'a pas l'air forte. Certaines feuilles pendent tristement. D'après le surintendant, la situation de ma plante est critique, mais pas désespérée. Il est encore temps de la sauver. C'est le genre de plante qui a la vie dure. Bien enracinée. Le seul problème, c'est les feuilles du bas, parce qu'en haut, il commence à en pousser de nouvelles. Donc il y a de l'espoir, et un avenir possible. Quand les feuilles mauvaises seront éliminées, tout va rentrer dans l'ordre. Du soleil, de l'eau. Un peu d'engrais. Il va m'en apporter.

Cette nuit, le surintendant part tôt. Il a des réparations à faire. Une peine d'amour au 303. Des idées de suicide au 204. Une solitude à partager au sous-sol, chez le petit vieux insomniaque qui veille en camisole à sa fenêtre.

Mais le surintendant ne va pas voir Hulk. Hulk n'est pas quelqu'un qu'on voit; on l'entend. J'imagine qu'il utilise le téléphone quand il a besoin du surintendant pour une réparation.

Moi, je n'ai vu Hulk qu'une fois. Et je n'ai pas regardé son visage. Mes yeux sont restés fixés sur son t-shirt. Par-dessus son gros ventre, imprimées en lettres fluorescentes : L'Incroyable Hulk. Pour moi, Hulk n'a pas de visage. Seulement un corps, incroyablement bruyant. Je suppose que sous son Incroyable Hulk, il a un cœur. Mais son cœur est l'instrument qu'il frappe. Toujours trop fort.

VOISIN? VOISINE?

Au bout du couloir, appartement 303, c'est là qu'habite le travesti. Plusieurs fois par jour, il passe devant ma porte. J'écoute le bruit de ses talons hauts dans l'escalier. Puis, je vais à la fenêtre et le regarde marcher. J'aime sa démarche incertaine; je la trouve émouvante. Ses jambes sont longues et maigres. Il ressemble à un grand oiseau et je ne serais pas surprise si, un jour, je le voyais s'envoler. On dirait que son corps n'a pas de poids sur la terre. C'est presque un ange.

Hier, on s'est croisés sur le palier. Mal à l'aise, je ne savais pas quoi lui dire. Je lui ai demandé s'il voyait l'éléphant de sa fenêtre. Il n'a pas répondu. Il m'a tendu la main. Ça m'a troublée de serrer sa main. Une main légère comme une plume. Une grande main d'homme avec une peau fine et douce comme celle d'une fille.

Je sais qu'il y a des femmes qui tombent amoureuses de ces hommes-là. Maintenant, je comprends pourquoi. Mais je ne voudrais pas que ça m'arrive.

Le travesti n'a pas peur de s'exposer au pire. Et, forcément, le pire lui arrive. On le bat, parfois, quand un homme pas averti soulève sa jupe et s'aperçoit de sa méprise. Mais le travesti a l'habitude et de jolies lunettes noires.

J'imagine que ça doit lui causer un choc quand il se déshabille et que dans le miroir, il aperçoit un homme. Je préfère penser qu'il n'a pas de miroir chez lui, ou seulement un tout petit, dans la salle de bains, dont il se sert quand il se rase. Et à chaque fois qu'il se rase, c'est comme s'il se battait avec lui-même. C'est ça qui lui fait le plus mal.

LE RÈGNE ANIMAL

Le surintendant a recueilli un chat abandonné. Un gros chat jaune, très mou et toujours endormi. En attendant de lui trouver une famille, c'est moi qui le garde. Je vis au même rythme que lui. On se couche par terre, dans le carré de soleil qui balaie lentement le plancher. Le chat jaune semble heureux de son existence. Les yeux fermés, il ronronne. Il ne connaît pas l'ennui. Il ne sait pas qu'il va mourir un jour. Sa vie coule paisiblement dans ses veines. Une vie sans histoire qui ne se terminera pas par un suicide. Il ne connaît pas la honte. Le besoin de se dépasser, d'accomplir des choses, de plaire à son prochain. Le chat ne pense qu'à lui. Qu'au plaisir de prendre sa place au soleil. Il ne vient pas quand on l'appelle. Il vient quand il veut. Fier, maître de son existence. Je le regarde vivre. Il a sans doute quelque chose à m'apprendre.

Je dors toute la journée. La nuit je veille à la fenêtre. Ça reste noir. Je ne vois pas encore dans l'obscurité. Mais le chat, que voit-il? Voit-il la femme de l'Est? Il m'arrive de l'imaginer.

Elle marche dans une ruelle. Des chats la suivent. Parfois, elle se penche et dépose de la nourriture par terre. Les chats s'empressent autour d'elle. Ils se frôlent à ses jambes en miaulant. Elle leur dit quelque chose dans une langue étrangère. Puis, elle rentre chez elle. Un chat, plus gros que les autres, la suit. Elle ne le chasse pas. Elle le laisse entrer chez elle. Parce qu'il faut toujours privilégier le plus fort. Celui qui a une chance de s'en sortir.

Le chat jaune a déterré ma plante. Je pense que c'est dans l'ordre des choses. Il appartient à un règne supérieur.

Le surintendant a trouvé quelqu'un pour adopter le chat. C'est la femme du 204. Celle qu'on entend souvent pleurer.

Cette femme en arrache avec son homme. Je les entends, c'est surtout la nuit que ça arrive. Elle supplie. Il crie. Il part en claquant la porte. Et s'en va dans son gros «char». La sortie du gladiateur.

Il y a toujours des femmes pour s'accrocher à ce genre d'homme. Il y a toujours des hommes qui ont besoin de ces femmes-là, pour se sentir vivants.

Heureusement, il y a toujours des chats abandonnés qui ont besoin de quelqu'un pour survivre. Parfois ils se laissent caresser. Égoïste ou reconnaissant. Ça n'a pas d'importance. Bien sûr, un jour ils peuvent partir. Mais alors, ce sera sans faire de bruit.

DES FEMMES DE PIERRE

J'ai acheté une autre plante. Je la regarde pousser. Ses feuilles sont comme de petites mains qui s'ouvrent, tendues vers le ciel. Au centre des feuilles, une tige. Une seule. Bien droite. Bien solide. Comme le tronc d'un petit arbre. C'est une plante forte qui grandit vite. Bien déterminée à survivre, à prendre sa place sur la terre.

Dans la fenêtre, juste derrière la plante, je vois l'éléphant. Il me fait pitié. Il a l'air si fatigué de vivre. Rien ne change dans son existence. Il n'y a que les années qui s'ajoutent. De longues années à tourner autour d'une cabane déguisée en palais de son pays. Sans doute vaut-il mieux rester immobile, les mains tendues vers le ciel, que de tourner sans cesse autour d'une image du passé.

Moi, je passe de longues heures sans rien faire. Cet état de torpeur n'est pas désagréable une fois qu'on a réussi à dépasser l'ennui. Je reste immobile et j'imagine que je suis une femme de pierre. Une statue, parmi les plantes, dans un jardin.

Dans une bouquinerie, j'ai trouvé un livre avec des photos de statues. J'ai découpé les photos et je les ai alignées par terre. Et puis, j'ai su quoi faire. J'ai acheté un grand carton sur lequel j'ai écrit : «Le chemin de la fierté.» En commençant par en bas, j'ai collé les photos des statues. Tout en bas, les femmes couchées, mortes ou blessées. Au centre, celles qui pleurent et celles qui supplient, à genoux. En haut, les souveraines. Celles qui ont remporté des victoires. Debout, très droites. Brandissant une arme, un drapeau, une tête d'homme.

UNE FEMME INDIGNE

Je pense souvent à cette femme de l'Est. Qu'est-elle devenue depuis qu'elle porte mon manteau de fourrure? A-t-elle réussi à garder sa dignité?

J'imagine que la femme de l'Est a parcouru un long chemin avant d'en arriver là où elle était dans sa vie. C'est une femme qui arrivait de loin. J'imagine que dans le passé, la femme de l'Est a plus d'une fois subi l'insulte et l'injure. Souvent, elle a dû se vendre pour pas grand-chose. Des médicaments ou du chocolat. Souvent, elle a dû se trahir pour éviter le pire. Qu'on barricade son appartement et qu'on l'enferme pour avoir trop parlé. Donc, la femme de l'Est aussi a appris à se taire. Elle devait sauver sa vie et celle des siens. La femme de l'Est mentait. Pour avoir moins faim, moins froid, et être moins seule, parfois.

J'ai fait la même chose. J'ai vécu un peu comme elle. Oui, moi aussi j'ai mal vécu. Mais dans un pays où (paraît-il) on n'a pas de raison de faire ces choses-là.

Je me suis trahie pour éviter qu'on me prenne pour ce que je suis. Je n'ai pas toujours dit ce que je pensais, pour qu'on m'aime. Comme la femme de l'Est, j'ai appris à me taire. Je sauvais ma qualité de vie, mon confort. Je mentais aussi. Pour être invitée au restaurant, pour qu'on vienne me chercher en voiture, l'hiver. Pour avoir un peu de sexe à défaut d'amour, parfois.

LA FOLIE EN FACE

Il y a quand même une amélioration dans ma vie depuis que je vis ici. Je suis bien contente que mon voisin d'en face soit un éléphant. Parce que pendant des années j'ai vécu dans la crainte d'être à nouveau témoin d'une scène atroce. De cette scène tant de fois répétée devant ma fenêtre, quand je vivais dans l'est de la ville. La voisine d'en face. Cette pauvre folle qui exhibait sa douleur sans aucune pudeur. Et ce qui m'apparaissait le plus terrible, je crois, c'était cette totale absence de pudeur. Au moment où on s'y attendait le moins, elle surgissait brusquement sur son balcon. Échevelée, le regard fixe. Alors, je savais qu'elle allait faire ce geste douloureux, animal : relever sa robe en hurlant d'une voix rauque, d'une voix qui venait du ventre, le nom d'un homme. Puis, elle se laissait glisser le long du mur de briques en pleurant comme un enfant qui espère que ses larmes vont changer la réalité. Assise sur le balcon, elle se berçait, les bras croisés sur sa poitrine, et elle appelait sa mère. Sa mère qu'on devinait morte depuis longtemps. Sa mère qui ne pouvait rien pour elle et qui n'avait sans doute jamais rien pu faire pour elle.

Moi aussi, j'avais commencé à souffrir. Moi aussi, des hommes m'avaient quittée et, à chaque homme que je perdais, je me demandais si j'allais un jour devenir comme cette femme. Allais-je moi aussi, un jour d'été, exhiber ma misère amoureuse, sans aucune pudeur? La même souffrance mène-t-elle aux mêmes conséquences? Vais-je moi aussi tout perdre? Perdre toute dignité?

LES LIEUX DU CRIME

Je vais toujours au café Les Misérables. Peut-être que j'espère secrètement revoir cette femme dont j'ai volé le manteau. Et elle, aura-t-elle encore l'air d'une femme de l'Est, dans mon manteau de fourrure? A-t-elle gagné ou perdu, dans cet échange? Ces questions restent sans réponse. La femme de l'Est est sûrement repartie. Peut-être qu'en ce moment elle marche dans les rues bleues de son pays. Elle est retournée là où elle a encore des choses à vivre.

Cette nuit, quand le surintendant arrive avec sa cafetière, je lui annonce ma décision. Demain, j'irai dans l'est. À l'intérieur du manteau, je trouverai le courage de retourner sur les lieux. Oui, demain matin, l'est de Montréal m'attend.

RETOUR DANS L'EST

L'autobus 125 Ontario me ramène sur les lieux. L'est. Mon pays d'origine. Presque rien n'a changé. Même misère humaine sur les trottoirs. Mêmes tavernes presque à tous les coins de rues. Des hommes qui boivent trop. Des femmes qui mangent trop. Des adolescentes trop maquillées qui se préparent une vie de larmes. Ça va leur coûter cher de maquillage. Des adolescents qui ont fini de jouer aux durs. Ils le sont déjà. Des enfants qui se battent, qui s'adaptent à leur milieu naturel. Des bébés. Trop de bébés dans les bras des jeunes mères épuisées.

Bien sûr, j'exagère. Je suis injuste. C'est normal. Je viens d'ici. Ici, où on apprend très tôt à voir la vie en noir.

Il faut quand même avouer que certaines choses ont changé. Des détails. Mais pourquoi cracher sur les détails? Il n'y a plus de kiosque à journaux au coin de Valois et Ontario. Plus de trains sur les rails. Le magasin de quinze cents a été remplacé par un Dollarama. Il y a du progrès.

Il ne faut pas se méprendre sur mes intentions. Je ne suis pas snob. Je ne suis pas cynique. Je suis triste.

Et si je promène ici le manteau d'une femme de l'Est, c'est parce qu'il faut bien revenir ici avec une armure. Aujourd'hui, tout le monde doit se protéger. Et pas seulement pour l'amour. Alors, je marche à l'intérieur du manteau d'une femme de l'Est. Avec lui, ici, je ressemble à tout le monde. Je marche dans ces rues grises avec la folle espérance que lorsque je reprendrai l'autobus 125 Ontario, en sens inverse, quelque chose en moi aura changé.

LE PÈLERINAGE D'UNE FILLE DE L'EST

Rue Déséry. L'hiver de mes treize ans, je marchais le dos courbé. Sur la rue, je n'osais regarder personne en face parce que je portais un vieux manteau démodé (don d'une voisine charitable). Je crevais de honte. Le manteau pesait lourd sur mes épaules. Le poids de la honte.

Un soir de février, dans une ruelle de l'est, j'avais connu un garçon. Ti-Clin travaillait au dépanneur du coin. C'était un dur qui avait beaucoup souffert et je voulais le sauver. Il devait passer en Cour au printemps pour un vol de voiture. J'avais peur pour lui. Je n'avais jamais rien vécu d'aussi excitant que cette peur. Je lui avais juré que j'irais le voir en prison et que je l'attendrais, le temps qu'il faudrait. Il avait ri et m'avait demandé d'aller lui chercher une autre bière. Nous passions nos soirées avec ses amis, dans le hangar derrière le dépanneur. Ses amis ne me parlaient jamais et l'un d'eux me faisait peur quand je le voyais respirer de la colle dans un sac de plastique. Ti-Clin n'avait pas un beau visage. Sa peau était marquée par des cicatrices d'acné. Mais, je crois que ça me faisait l'aimer davantage. Ce défaut. Ce visage déjà brisé. Une fissure par laquelle j'imaginais pouvoir me glisser jusqu'à son cœur. L'atteindre au plus profond.

Mon histoire avec Ti-Clin a brusquement pris fin quand mes parents ont su que je passais mes soirées avec des garçons dans le hangar du dépanneur. J'ai beaucoup pleuré pendant les deux semaines où ma mère m'a interdit de sortir le soir. C'est alors que ma mère a jugé bon de m'apprendre qu'il y avait deux genres de filles. Celles qui se faisaient respecter, et les autres. Les autres n'inspiraient pas l'amour aux hommes, mais du mépris. Elles ne se mariaient pas et finissaient mal. Des filles «qui font la vie», disait ma mère. Des filles misérables qui passaient leur jeunesse à travailler dehors, au froid. Elles «faisaient le trottoir» et distribuaient des bouts de papier avec leur numéro de téléphone aux chauffeurs de taxi. Une fille du quartier était ce genre de fille. Elle avait les cheveux jaunes et crépus, brûlés par les teintures et les permanentes. On racontait qu'elle avait eu un bébé mongol qui avait dû être placé.

*

À propos du respect, ma mère se trompait sûrement. Ti-Clin ne m'avait pas manqué de respect (au sens où ma mère l'entendait), mais me traitait sans égards. Il n'était pas romantique. Il se moquait souvent de moi. Il me parlait durement devant ses amis. Ça ne ressemblait pas aux histoires d'amour qu'il y a dans les livres ou dans les films. Ça ne me permettait pas de rêver, de m'imaginer ailleurs que dans un hangar sordide, derrière un dépanneur de l'est de la ville. Je pense que j'aurais préféré qu'il se couche sur moi et me supplie d'être à lui. Avec des promesses qui m'auraient donné l'espoir d'une vie différente.

À L'EST DES SOUVENIRS

En marchant sur la rue Sainte-Catherine, je me rappelle cette triste histoire qui a marqué mes quinze ans. Dans un «un-et-demi» au coin d'Aylwin et Sainte-Catherine, un soir de décembre, mon amie Josée avait été étranglée par son «chum». Le gars s'était livré à la police et avait tout raconté. Josée avait accepté de venir dans son «un-et-demi». Ils avaient bu de la bière et s'étaient embrassés. Josée était consentante. Elle n'avait pas protesté quand il lui avait enlevé son soutien-gorge. Et puis, elle n'avait plus voulu et lui avait dit non. Avait-elle crié? Il ne s'en souvenait pas. Mais c'était arrivé. Tout à coup elle avait été morte. Ce n'était pas de sa faute. Circonstances atténuantes. Un gars perd le contrôle de ses mains qui serrent à mort le cou d'une fille qui avait dit non, après avoir commencé à se déshabiller. Dans les journaux, c'est ainsi qu'on racontait les choses. Les parents de Josée avaient honte à cause de l'histoire du soutien-gorge. Ils n'étaient pas révoltés. Cela faisait partie des choses qui pouvaient arriver à une fille. Puisqu'elle n'avait pas su se faire respecter, elle était ce genre de fille-là. Le genre à mourir comme ça.

*

En passant devant l'école de la rue Cuvillier, je pense à Marie, une ancienne copine de classe. Marie, une fille pâle, maladive et nerveuse, avec un perpétuel feu sauvage sur la lèvre. On n'entrait jamais chez elle. Elle nous parlait dans l'entrebâillement de la porte. Elle disait toujours la même chose, en baissant la voix : non, elle n'avait pas la permission de sortir après l'école. Ses parents étaient sévères et Marie obéissait. L'année suivante, elle ne nous a pas suivies à l'école secondaire. Elle restait à la maison et aidait sa mère. Cet automne-là, on la voyait souvent à la buanderie. Elle ne parlait à personne, la tête penchée comme si elle avait honte, elle pliait son linge soigneusement. Après, on ne l'a plus revue. Mais on a vu son nom dans le journal. Marie avait accouché, seule dans la salle de bains familiale. Elle avait caché le bébé dans le panier à linge sale. Le bébé était mort. Marie avait treize ans. Dans les journaux, on racontait que ses parents ne s'étaient pas aperçus qu'elle était enceinte.

MADAME BOVARY DE LA RUE ROUEN

Rue Rouen. Une période de ma vie presque oubliée. Quand j'y pense, j'ai l'impression que ces événements-là ont été vécus par quelqu'un d'autre. Je ne me reconnais pas dans cette femme mal mariée qui s'ennuyait mortellement.

Je venais de lire *Madame Bovary* pour la troisième fois et j'avais décidé de prendre un amant. Dans le taxi qui m'emmenait à mon premier rendez-vous clandestin avec un employé de l'épicerie Steinberg, je croyais vivre à l'intérieur du roman de Flaubert.

Je pensais, «dans quelques heures, je serai devenue une femme infidèle». J'avais hâte et peur à la fois. Ma vie allait changer. À l'heure du souper, quand je verrai mon mari manger son pâté chinois (le regard vide, silencieux, boudeur, égal à lui-même), je ne sentirai plus le désespoir m'envahir et je n'aurai pas, comme d'habitude, envie de tirer sur la nappe, de casser la vaisselle ni d'enfoncer méchamment mon doigt dans ses patates, juste pour voir s'il réagirait enfin. Ce soir, quand je le verrai assis dans son fauteuil, le corps raide, les mâchoires crispées, les mains agrippées aux accoudoirs comme des pattes d'oiseau sur un perchoir, et les yeux exorbités fixés obstinément sur la télé, je n'éprouverai plus ce sentiment de panique à l'idée que j'ai épousé ça : une statue de cire. Non, je serai bien au-dessus de cette sorte d'effroi. De cette vie morne. Une vie comme un long tunnel aux murs lisses et froids. Aux murs sur lesquels mes mains n'ont pas de prise, et où la fameuse «lumière au bout du tunnel» a été remplacée par une porte. Condamnée.

Peut-être connaîtrai-je enfin l'amour. Mon amant fera des projets. Nous parlerons de fugue en Amérique du Sud, de pacte de suicide, nous nous comparerons à des amoureux célèbres : Roméo et Juliette, Abélard et Héloïse, Tristan et Yseult, Alexis et Donalda. Dans les bras de mon amant, je deviendrai une autre femme. Une femme à l'infidélité tragique. Mais sauvée. Oui, sauvée. De l'ennui profond, de l'inertie, du sentiment d'être déjà vieille.

Je venais d'avoir vingt ans.

L'aventure a été brève. Une heure vingt-deux (cinquante-huit minutes, si on soustrait le temps des six cigarettes). Vite fait. Mal fait. L'amant avait trop vu de films pornos et s'attendait à autre chose. Il voulait de l'audace, du savoir-faire et des acrobaties. Une femme mariée n'est-elle pas censée avoir de l'expérience? Une femme mariée qui dit oui si facilement à un autre homme, n'est-elle pas plus vicieuse que les autres? Il avait espéré, il était déçu. Finalement, à bout de souffle et de patience, la face grimaçante et rouge, il s'était masturbé devant moi et avait éjaculé en criant «tabarnac». Voilà, c'était fait. Je pouvais aller me rhabiller, on ne me retenait pas. Du sperme sur mon plus beau soutien-gorge, égratignée par sa barbe de deux jours, je pouvais retourner chez moi.

Dans le taxi qui me ramenait au domicile conjugal, trop stupéfaite pour pleurer, je n'avais plus de pensées romantiques. Je pensais seulement au mot «méprise». Méprise : genre féminin, se tromper, se faire avoir. Mépris : genre masculin. Mauvais sentiment. Misère! Qu'est-ce que l'avenir réservait aux femmes comme moi? Mieux valait ne pas y songer et me concentrer sur mon avenir immédiat. Laver mon soutien-gorge. Jeter le roman de Flaubert. Faire cuire les patates pour le pâté chinois.

Au souper, mon mari a remarqué les rougeurs sur mon menton. Il s'est douté de quelque chose. Quelque chose dans le genre masculin avec une barbe. Je n'ai donc pas eu besoin d'enfoncer mon doigt dans ses patates pour le faire réagir. Parce que la statue de cire s'est soudainement animée. Il a quitté la chaise dans laquelle j'avais cru qu'il était moulé et s'est lentement avancé vers moi, les mains en avant.

Mon mari a tenté de m'étrangler. Je me suis enfuie chez mon père à qui j'ai tout raconté. Mon père allait me protéger, me défendre comme un lion, il allait foncer au domicile conjugal et menacer. «S'il touchait encore un seul cheveu de sa fille...» Allaient-ils se battre? «Mon père est plus fort que le tien.» Non? Non. J'avais fait une bêtise. J'avais été imprudente. J'avais provoqué la colère d'un homme. Pas étonnant qu'il ait essayé de m'étrangler. D'ailleurs, étais-je bien certaine qu'il m'aurait vraiment étranglée? Mon père m'a dit de retourner chez mon mari-pour-la-vie et d'être raisonnable.

À partir de ce jour, j'ai compris que je ne savais rien des hommes. Des hommes et de la vie que j'allais mener.

RÊVER À L'EST

Depuis mon retour, j'ai recommencé à rêver. La nuit dernière, je l'ai passée dans un pays de l'Est. J'arrivais à Budapest après un long voyage en train avec des gens tristes. Le jour se levait. Dehors, il faisait froid et bleu. Le même bleu que dans le film. Pour me réchauffer, j'ai serré mon manteau plus près de mon corps et j'ai mis un châle sur ma tête. Il neigeait. Un employé de la gare m'a dit quelque chose dans une langue incompréhensible. Je suis entrée au buffet de la gare. La serveuse, une jeune femme aux yeux cernés, m'a posé une question. Dans le doute, j'ai fait signe que oui et elle m'a apporté un café. Ici, je n'avais aucune raison de me sentir bien. Le froid. L'austérité du lieu. L'impossibilité de communiquer. Étrangère à tout ce qui m'entourait. Et pourtant, je me sentais presque heureuse. Un peu comme au début d'une histoire d'amour. L'amour avant les larmes. Une vie nouvelle. Intacte.

En sortant de la gare, j'ai reconnu la rue Ontario. Un homme ivre sortait de la taverne Bourbonnière. C'était mon père. Pas content de me voir, il m'a demandé : «Qu'est-ce que tu fais ici?» À ma grande surprise, je me suis entendue répondre avec une voix d'enfant : «C'est jeudi, je viens chercher la paye. Maman attend l'argent pour faire l'épicerie.»

Je me suis réveillée en pensant que l'est est comme un coffre de magicien. Un coffre truqué. À double fond. Quand on tombe dedans, on constate que c'est plus profond qu'on ne l'aurait cru. C'est peut-être parce qu'on a traversé quelque chose. Une frontière invisible. Sans s'en apercevoir.

POUR EN FINIR AVEC L'EST

Oui, un jour, j'irai dans un pays de l'Est. J'arriverai à Budapest sans bagages et sans souvenirs. Comme une femme neuve. Comme une amnésique. Je parlerai une autre langue et le fait de parler avec d'autres mots changera le sens de certaines choses. Oui, certaines choses n'auront plus d'importance. Je marcherai dans les rues bleues, à l'aube. Les mains dans les poches d'un manteau gris qui sera devenu le mien. J'irai droit devant et ne regarderai jamais en arrière. J'aurai oublié avoir vécu dans l'est d'une ville en Amérique. J'aurai oublié l'autobus 125 Ontario. Je marcherai la tête haute. Souveraine. La misère aura changé de visage. Et ce visage sera noble et beau. Comme celui d'un vieillard qui a compris le sens de la vie.

LE CHEMIN DE LA FIERTÉ

La vie a-t-elle un sens? Je me le demande souvent. Et si oui, lequel? De quel côté faut-il aller quand on vient de l'est? Quand on cherche son chemin. Le chemin de la fierté.

En attendant de savoir, je marche sur un pont. Je marche dans un manteau volé. Continuer ma route, vêtue de la misère noble d'une autre femme. Une autre femme qui vient d'un autre Est. Et j'espère que quelque chose changera. Moi, si possible. Oui, c'est comme marcher longtemps sur un pont avec une seule espérance : traverser de l'autre côté. Je veux traverser de l'autre côté. Mais c'est long et difficile. Parce que si j'avance, ce n'est pas en ligne droite.

LE JARDIN DES MERVEILLES
N'EST PAS SUR LA TERRE

L'hiver s'annonce dur. Je ne sais pas combien de temps encore je vais pouvoir porter le manteau de la femme de l'Est. Il n'est pas assez chaud. Ce matin, quand je suis sortie acheter des cigarettes, il faisait moins dix. J'avoue que j'ai un peu regretté mon manteau de fourrure. Et dire que je n'ai jamais eu l'occasion de le porter en hiver. C'est bizarre quand même d'offrir un manteau de fourrure à une femme, avant la saison. Si je ne me retenais pas, je dirais que ça fait «cheap». Supposons qu'il ait trouvé ça en solde dans les petites annonces, ou même dans une vente de garage, ou pire encore, il l'a obtenu pour une somme dérisoire chez un prêteur sur gages. Bon, je recommence à être injuste. Je réagis toujours ainsi quand j'ai le sentiment qu'on m'a pris quelque chose. Hier, on m'a pris mon éléphant. Je croyais que c'était seulement pour l'hiver. Qu'ils amenaient mon éléphant dans un parc zoologique intérieur. Je suis allée me renseigner sur la date de son retour. On m'a appris qu'il ne reviendrait plus. Ni lui ni les autres animaux. C'est fini, le jardin des Merveilles. Ça coûte trop cher. Ça rapporte plus assez. On m'a pris mon éléphant. On me prive de ma «vue superbe». On anéantit la raison d'être de ma fenêtre. Ma raison de croupir entre ces quatre murs minables. De chasser les coquerelles. D'endurer mon voisin, L'Incroyable Hulk. On m'a pris ma fenêtre sur un monde meilleur. Mon éléphant.

PORTÉ DISPARU

Le surintendant a disparu. Je ne crois pas qu'il soit parti, abandonnant son titre et ses locataires. Je ne crois pas qu'il nous ait quittés comme ça, sans nous avertir. Non, ce n'est pas son genre. Ici, je ne suis pas la seule à souffrir de son absence. Je ne suis pas la seule à l'attendre. La nuit dernière, quand je suis descendue pour voir s'il était de retour, j'ai croisé la fille du 204 dans les escaliers. Elle pleurait, ses bas étaient déchirés, elle avait perdu quelque chose ou quelqu'un. Peut-être son chat. Aujourd'hui, c'était le travesti du 303. Je l'ai trouvé assis par terre devant la porte du surintendant. Il répétait : «Il va revenir, il ne peut pas ne pas revenir.» Pour la première fois, je le voyais habillé en homme. Mauvais signe. Il allait sûrement très mal. Mon voisin Hulk, lui, a claqué plusieurs fois la porte en hurlant que les fusibles avaient sauté et que sa répétition était foutue.

Pas de surintendant. Pas de café. Personne à qui parler. J'ai pris deux somnifères, rien que pour me calmer. Je suis inquiète. Tout se casse ici. Qui va réparer? Qui va nous réparer?

LA FIN D'UN SURINTENDANT

On a retrouvé notre surintendant. Dans *Le Journal de Montréal*. Ils l'ont retrouvé, avec une balle dans la tête. Ils appellent ça «règlement de compte». Dettes de drogue. Dettes de cul. Dettes de cœur. On n'en sait rien. Mais c'est comme ça, on pense avoir suffisamment payé et puis un jour quelqu'un surgit du passé avec un «gun». On pense que tout a été effacé derrière soi. On s'est trompé. Il y a toujours quelqu'un, quelque part, qui a la mémoire longue et la rancune tenace.

J'ai gardé sa cafetière en souvenir. Acheté d'autres somnifères pour mes nuits à venir. Pour le présent, je n'ai rien. Rien d'autre que ma peine.

J'ai froid. Sans le surintendant, ici, on n'a pas fini d'avoir froid. Je m'enveloppe dans mon manteau et je pleure. Maintenant, je suis seule. Oui, vraiment seule.

LE BLUES DES MISÉRABLES

> *Savez-vous quel genre de tristesse vous fait passer la nuit dans un troquet ignoble, perdre votre temps au milieu des conversations stupides et des verres d'alcool?*
> Roberto Arlt, *Les Sept Fous*

Je suis triste et je n'ai personne à qui parler. Je ne vais quand même pas commencer à parler à la cafetière du concierge. C'est une situation d'urgence. Mieux vaut sortir d'ici. Vite, mon manteau! Partons à la recherche d'un peu de chaleur. Humaine, si ça se trouve.

J'entre au café Les Misérables. Je m'écroule sur la chaise la plus près du calorifère. Vite, un verre! Quelque chose de fort. De plus fort que moi. J'ai un goût de cendre dans la bouche. Un désert dans la gorge. Je viens d'apprendre une fin du monde et je ne peux rien faire pour que ça change. Que ça revienne comme avant. Et que personne ne soit mort. Je suis là, inutile et survivante. Vivante. Oui, bien vivante, mais souffrante. Je ne sais pas comment guérir de la vie qui fait mal. Je voudrais pouvoir prendre ma place sur la terre et à l'intérieur de moi. Il y a quelque chose de pas normal dans cette vie. C'est peut-être moi. En tout cas, ce soir, je ne serai pas la seule, parce que la folle arrive. Elle entre et s'assoit à la table d'à côté. J'espère qu'elle n'a pas oublié sa sacoche et qu'elle ne va pas se mettre à me parler. Elle fouille dans ses sacs de plastique, trouve sa sacoche qu'elle pose sur ses genoux, comme un petit chat. Elle flatte sa sacoche, se penche, et lui murmure des choses qu'heureusement je n'entends pas. Vite, un autre verre! Je me demande si les fous sont moins malheureux. S'il y a un lien entre la lucidité et la douleur. Mais à quoi ça sert de se poser toutes ces questions? Une chose est certaine, un malheur n'arrive jamais seul. La preuve; le gros chauve arrive avec son chien qu'il attache devant la porte du café.

Je pense au surintendant. Je pense à la façon dont il est mort. A-t-il souffert? A-t-il eu le temps d'avoir peur? A-t-il eu le temps de voir sa vie défiler dans sa tête avant de mourir? Et moi, qu'est-ce que je verrai avant de mourir? Vite, un autre verre! Le patron du café, un petit Italien à moustache, brasse de grosses affaires avec des individus louches. Ça discute à voix basse, dans leur langue. Ils sortent des papiers de leur serviettes en cuir, se donnent des airs importants. Ils sont sur un gros coup. L'affaire du siècle. Ce n'est pas le moment ni une bonne idée de demander au patron de nous apporter à boire. Ceux qui s'y risquent se font regarder avec un air bête. Moi, je ne lui demande rien. J'attends que la jeune fille douce passe près de ma table. Je fais très attention à elle. Il ne faut surtout pas la brusquer. Parce qu'un jour, elle va sûrement se casser. Elle va s'écrouler, là, devant nous. Ça va être terrible. Je ne veux pas que ça lui arrive. Ça m'encourage à être patiente. À me dire que ma soif peut attendre. Mais aujourd'hui, c'est moi qui m'écroule. Alors, je lui fais signe. Vite, un autre verre! Le chien pleure. C'est bien pire d'entendre un chien pleurer quand celui-ci porte un chandail de hockey. On se dit, tout ça est insensé. Il faut que quelqu'un arrête ça. Le gros chauve ouvre la porte, il crie un ordre à son chien. En anglais. Apparemment, le chien ne comprend pas l'anglais, ou bien il est séparatiste parce qu'il ne cesse pas de gémir. Le gros chauve sort sans refermer la porte. Tout le monde gèle, ici, pendant qu'il continue d'engueuler son chien. Personne ne se plaint. On est tous là, comme des imbéciles, à souhaiter qu'un chien se taise et se couche. On est tous là, les yeux rivés sur la porte ouverte. Finalement, le chien s'écrase. Le gros chauve entre et ferme la porte. Nous sommes sauvés d'une petite misère. La conversation reprend. La folle rassure sa sacoche. Dans les circonstances, peut-on se dire que tout redevient normal? Dans le doute. Vite, un autre verre! Ça réchauffe. Ça brûle les questions qui dérangent.

Le temps passe. Je suppose qu'il passe, parce qu'il y a des gens qui partent et d'autres qui arrivent et puis qui repartent. Quand on boit, le temps n'a plus le même poids. C'est un soulagement. Je pense au concierge. Quand je vais rentrer, il ne sera pas là pour m'écouter. J'aurai beau frapper toute la nuit sur le S de sa porte, personne ne va ouvrir. Je resterai seule. Seule avec la cafetière d'un concierge assassiné. Vite, un autre verre!

INQUIÉTUDES DU LENDEMAIN

Je suis rentrée chez moi, normalement. C'est-à-dire comme une femme, qui s'est mise dans un état lamentable après avoir trop bu, rentre chez elle : en mauvaise compagnie.

Ma soirée d'enterrement de vie de concierge a dégénéré. À un moment donné, je me suis mise à pleurer. Une vraie fontaine italienne. Pleurer comme ça, c'est comme être prise de fou rire, sauf que c'est pas drôle. Ni pour vous ni pour les autres qui assistent, dans la consternation générale, au spectacle gratuit et imposé d'une crise de larmes qui ne les concerne même pas et qui met tout le monde mal à l'aise. Je déteste pleurer en public et pourtant, comme bien d'autres choses que je préférerais ne jamais faire, ça m'arrive encore.

C'est la folle qui est venue vers moi pour me consoler. Elle s'est mise à me parler de la même façon qu'elle parle à sa sacoche. Au début, ça n'a fait qu'augmenter la pression des larmes et j'ai bien cru que j'allais exploser. Puis, bizarrement, ç'a marché. Le ton de sa voix, peut-être, celui d'une petite fille qui vous murmure un secret à l'oreille. Ses propos, tellement absurdes qu'on en vient à douter de tout. Même du bien-fondé de sa peine. Alors, pourquoi continuer à pleurer. Une folle qui vous parle comme ça, ça ouvre un grand espace tout blanc, tout neuf, dans votre tête. On pense alors : «Ici, il n'y a plus rien.» Et ce sentiment du rien, eh bien, ça soulage. Je me suis sentie tellement bien que j'ai souhaité, pendant un moment, être une sacoche, pour qu'on me parle toujours ainsi.

Quand elle est partie, j'ai trouvé le courage de rentrer chez moi. Le courage, oui, mais pas la force. Les jambes molles, la tête qui tourne. Le plancher qui menace de me sauter dans la face. Oh, qu'elle était loin, la porte. Et mon lit, au bout du monde.

Une main secourable, surgie de nulle part, m'a saisi le bras au moment où j'allais tomber. Le gros chauve! Le roi des misérables. Mais quand on est dans cet état, on est mal placée pour choisir son sauveur. Je lui ai divulgué mon adresse comme on avoue un crime. Et nous sommes partis pour la gloire, avec le chien qui nous suivait, de loin. Peut-être avait-il honte de nous. Sur le chemin semé d'embûches qui menait jusqu'à mon modeste logis, j'ai trouvé le gros chauve presque sympathique. Mais pas longtemps. Devant ma porte, je me souviens qu'il a insisté pour entrer. Ça m'a ramenée brutalement à la sinistre réalité. J'ai eu peur. Mais il n'est rien arrivé. Il est parti sans faire d'histoires quand je lui ai dit que je préférerais faire entrer son chien.

Ce matin, bien sûr, j'ai mal au plafond et le plancher n'est pas un lieu sûr. Ce matin, j'ai mal aux mauvais souvenirs qui s'agitent dans ma tête. Mais ce qui m'inquiète davantage, c'est ce que j'ai oublié. Car évidemment, j'en ai perdu des bouts. Oui, ce qui m'inquiète, surtout, c'est que je me demande si j'ai parlé à la sacoche de la folle. Est-ce que j'aurais fait ça? Misère!

Assise en face de mon manteau, je me pose sérieusement la question. J'essaye de me consoler en pensant à la sage parole d'un homme qui pratiquait le zen. «Il faut savoir se pardonner à soi-même.» En m'adressant au manteau, je dédramatise. C'est pas grave. C'est normal. Tout le monde a besoin de se confier. Le surintendant, c'était à sa cafetière. La folle, à sa sacoche. Et moi, moi si, dans un moment d'égarement, je me suis confié à une sacoche, c'est une erreur excusable, vu les circonstances très atténuantes. Mais il faut que ça s'arrête là. Terminus! C'est ici que je débarque. Je ne vais pas commencer maintenant à discuter avec le manteau de la femme de l'Est. Non, j'ai une meilleure idée. Une idée qui peut me sauver du naufrage; écrire à la femme de l'Est. Des lettres qu'elle recevra ou pas. L'important, c'est de l'imaginer. De lui parler.

PREMIÈRE LETTRE À LA FEMME DE L'EST

Certains soirs, il vous arrive de boire. Mais vous êtes le genre de femme qui sait boire. Et vous ne vous mettez jamais dans des états lamentables. Vous ne perdez pas la tête. Vous ne vous écroulez pas par terre. Vous ne pleurez même pas. Vous êtes juste un peu plus nostalgique quand vous pensez à ce jeune amant qui vous a tant aimée. Il ne voulait pas vous quitter et il pleurait dans vos mains quand vous lui disiez qu'il devait partir, que l'exil était pour lui la meilleure solution. Vous lui répétiez doucement, en lui embrassant les cheveux : «Il n'y a pas d'avenir à l'Est pour les hommes fragiles.»

Le soir, quand vous avez bu, vous montez l'escalier un peu plus lentement et votre main ne quitte pas la rampe. Il arrive qu'une porte s'ouvre sur un homme très vieux, triste et insomniaque. Il vous regarde, puis déçu, referme aussitôt sa porte. Il n'y a rien à voir. Vous ne vous donnez jamais en spectacle. Et vous rentrez seule. Le lendemain, vous vous réveillez plus tard. Parfois, vous avez mal à la tête, mais aucun mauvais souvenir. Rien dont vous pourriez avoir honte. En attendant que votre seule paire de bas sèche sur le dossier d'une chaise, vous écoutez de la musique. Et pendant que les violons des tziganes pleurent dans vos oreilles, vous imaginez la vie heureuse d'un homme exilé, quelque part en Amérique.

P.-S. : Savez-vous que j'admire votre noblesse d'âme?

TOUTE LA DIFFÉRENCE

Je marche avec la lettre pour la femme de l'Est dans ma poche. Je pense à elle. Je pense que sa vie amoureuse ne ressemble pas à la mienne. Et c'est peut-être là que tout commence, à partir de là qu'on commence à descendre. La misère amoureuse.

Moi, si j'avais eu un jeune amant fou de moi, je l'aurais gardé. Jamais je n'aurais été capable de le sacrifier par grandeur d'âme.

Moi, j'aurais pleuré sur ses chaussures bien avant qu'il pleure dans mes mains. Et je l'aurais supplié : «Reste ici, avec moi, dans ce pays impossible. Tu apprendras à y survivre, comme les autres. Tu verras que la fragilité, ça passe, comme le reste. Et s'il te faut absolument partir, si toi tu en as les moyens, ne sois pas égoïste. Emmène-moi. Ne me laisse pas ici toute seule, dans ma misère. Emmène-moi. À deux, l'exil est moins difficile. Je me ferai toute petite. Je ne t'encombrerai pas. Tu verras, mon aide te sera très utile. Je travaillerai. Je ferai n'importe quoi. Mais surtout, ne pars pas sans moi.»

Moi, j'aurais brûlé ses papiers d'identité pour l'empêcher de partir. Et je l'aurais menacé de ma rancœur éternelle. Je lui aurais prédit un sale avenir. J'aurais été «cheap».

Serait-il parti quand même? Aurait-il osé me quitter pour trouver son bonheur ailleurs? Aurait-il osé (le lâche) m'abandonner, alors que je lui avais tout donné?

Je pense que oui.

Il serait parti en claquant la porte et en me disant qu'il a horreur des femmes qui mendient.

DEUXIÈME LETTRE À LA FEMME DE L'EST

Votre manteau me hante. Et pourtant ce n'est pas lui, mais moi qui l'habite. C'est un manteau qui incite à se poser des questions sur la misère, l'usure du temps, la patience aussi. Car vous devez être patiente pour attendre des heures dans une file pour obtenir des patates. On voit bien que la femme qui habite un tel manteau est une femme digne. Vous ne vous énervez pas. Vous ne faites pas de crise. Vous ne pleurez pas. Une femme comme vous ne s'abaisserait pas à supplier son voisin de la laisser passer devant, et risquer ainsi d'avoir à subir sur sa nuque un regard condescendant. Non, ce n'est pas votre genre. Bien droite, dans votre manteau qui ne vous protège même pas du froid, vous vous contentez de tordre un des boutons. C'est votre seule façon d'exprimer que cette situation vous révolte. Mais vous attendez patiemment. Vous exploitez la force d'inertie. Pendant ce temps, vous pensez : «Je suis une roche.» Une roche n'a pas d'urgence. Elle n'a pas faim. Elle ne s'agite pas. Elle attend son heure. Et un jour, quand la montagne se mettra à trembler et qu'elle, la roche, elle déboulera lourdement, elle saura bien sur quoi, ou sur qui, tomber.

Et ce n'est pas de la vengeance. C'est ce que vous appelez, «avoir le sens profond de la justice».

EXERCICES ZEN

Il n'est pas facile de rester calme. Et pourtant, je fais des efforts. J'ai acheté un livre sur le zen et je fais des exercices de respiration.

Assise par terre, dans la position du pissenlit, j'essaie de faire le vide. Ici, ce n'est pas évident. Car, je ne suis pas seule sur le pic d'une montagne et la grouillante humanité qui m'entoure m'atteint toujours. Ici, pas de lama. Ici, les murs ont des voix. De l'autre côté du mur, Hulk se déplace dans un bruit de métal entrechoqué. Puis, il frappe sur son instrument avec un acharnement qui fait peur. C'est comme si j'entendais son cœur. Son cœur *heavy metal*. La fille d'en bas pleure de plus en plus fort. Son homme n'est pas revenu. Le travesti d'à côté ramène du travail à la maison. Des petits contrats de nuit, ramassés au parc Lafontaine et exécutés avec force gémissements. Non, on n'est pas au Tibet et on respire mal. Depuis que le surintendant est parti, les coquerelles s'amusent, c'est la détresse générale et les poubelles s'accumulent.

Quand j'entends des pas qui s'arrêtent devant ma porte, j'imagine que c'est l'assassin du surintendant ou l'agent du bien-être social. Je ne sais pas lequel des deux me fait le plus peur.

TROISIÈME LETTRE À LA FEMME DE L'EST

Moi, j'habite un «un-et-demi» avec vue sur l'absence d'un éléphant. Je vis dans un immeuble sans concierge, depuis que le nôtre a été assassiné. Je n'ai pas à me plaindre, ça pourrait être pire. Je pourrais vivre dehors, dans un parc, et dormir dans l'entrée d'un bloc à appartements. Vous savez, ici aussi, ce sont des choses qui existent. Je pourrais vivre dans un quartier plus sordide parmi les prostituées, les enfants mal élevés, les bandits. Dans certaines ruelles, il n'est pas rare de trouver des hommes assassinés entre les poubelles. Mais là où j'habite, ma vie n'est pas en danger. C'est déjà quelque chose. Je ne me plains pas; je compare.

Et je vous imagine.

Vous vivez seule. Vous avez déjà loué des chambres dans des hôtels louches. Maintenant vous habitez une chambre avec salle de bains sur le palier dans un immeuble vétuste mais charmant. Dans les couloirs il fait souvent sombre. La minuterie ne fonctionne pas toujours. Il n'y a pas d'ascenseur, mais vous aimez les escaliers. Les marches sont usées au milieu. Vos voisins sont discrets. Vous avez la paix. Au fond de la chambre, en face du lavabo, contre le mur recouvert de papier peint fleuri, il y a votre lit. Un lit à une place. C'est moins déprimant. Pas de place pour les absents.

Vos robes sont dans l'armoire dont le miroir est craqué dans le coin gauche. Vos robes ne sont pas neuves. Pour vous, elles ne l'ont jamais été. Ce sont des robes qui ont déjà été portées par d'autres femmes. L'usure a rendu le tissu plus doux et luisant par endroits. Sur un crochet, près de la porte, vous suspendez votre manteau. Et là, sans vous à l'intérieur, vous vous rappelez qu'il ne vous appartient pas. Peut-être à ce moment-là, pensez-vous un peu à moi.

DES HOMMES QUI REPASSENT

Les erreurs du passé finissent toujours par nous apparaître. Souvent, ça prend la forme d'un homme. Quand ce genre d'apparition m'arrive, j'aimerais pouvoir appuyer sur un bouton et qu'une trappe s'ouvre sous leurs pieds. Terminus, tout le monde descend. Aux oubliettes.

Hier, grosse journée. J'en ai rencontré deux. D'abord, celui qui m'avait donné rendez-vous au Palace Delicatessen. L'air piteux. Amoché. Il toussait dans son foulard de laine. Les yeux humides, le regard lourd de reproche, il m'a dit : «J'ai attendu ton appel.» En fille lâche, j'ai répondu que j'avais perdu son numéro de téléphone. Il s'est empressé de me le redonner. Tant pis pour moi. Même si je jette ce papier-là à la poubelle, maintenant, je sais que je n'en serai pas débarrassée pour autant. L'autre, c'était Roch. J'étais dans un café. Un où je n'étais jamais allée et où j'étais sûre de ne connaître personne. Puis, Roch est entré. Il m'a demandé la permission de s'asseoir à ma table. Je n'ai pas dit non et je me suis immédiatement détestée. Il voulait savoir ce que j'avais fait du manteau de fourrure. Il a posé un regard condescendant sur le manteau de la femme de l'Est et a ouvert son portefeuille en disant quelque chose que je n'ai pas voulu entendre. Je me suis enfuie sans un mot d'excuse.

QUATRIÈME LETTRE À LA FEMME DE L'EST

Je ne vous raconterai pas ma journée d'hier. Je ne vous raconte pas mes hommes. Je préfère imaginer les vôtres. Et votre hier à vous.

Hier, un homme a pleuré sur votre épaule. Il disait qu'il vous aimait. Que vous étiez tout pour lui. Sa dernière chance. Qu'avant vous, il vivait dans le noir. Qu'il ne savait rien du bonheur ni de l'amour. Mais vous êtes restée calme. Vous avez eu une pensée triste, mais vous n'avez pas penché la tête. Vous ne voulez plus vous épancher sur le malheur d'autrui. Ni sur le vôtre, d'ailleurs. Vous savez que tout le mal vient de là, d'une femme qui se penche. Une femme qui tend sa main vers la terre. Car l'enfer n'est pas loin. N'est jamais aussi loin qu'on pense. On peut le toucher, par inadvertance. L'enfer. Vous connaissez la distance exacte. Si vous vouliez, vous pourriez y retourner, les yeux fermés. C'est un chemin qui porte encore la trace de vos pas. Mais vous savez aussi que ça finira par s'effacer. Avec le temps. Avec la dignité.

Alors malgré votre peine, malgré le poids de la compassion qui pesait sur vos épaules, vous avez gardé la tête droite. Droite et froide. Vous avez réclamé votre manteau. L'homme s'est accroché à votre manche et a tenté de vous retenir. En vain. Vous avez pensé : «Non, pas de ça. Plus jamais comme ça.» L'homme a dit : «Ne pars pas. Sans toi je suis dans le noir.» Vous saviez qu'il se trompait. Mais comment le lui dire? Un homme qui pleure ne comprend plus les mots. Il ne comprend que les gestes. C'est un enfant qui réclame les bras de sa mère.

Avant de sortir, vous avez éteint la lumière. Pour qu'il sache, pour qu'il comprenne, que même avec vous, il est dans le noir. Qu'ensemble, vous êtes tous les deux dans le noir.

Vous êtes partie. Sans un mot. Mais en sortant vous avez rallumé la lumière. Et vous ne vous êtes pas retournée. À travers la fourrure de votre manteau, vous avez senti la brûlure du regard de l'homme qui pleure dans votre dos. Puis, vous êtes définitivement sortie de sa vie.

LE GRAND MÉNAGE

Les lettres s'accumulent dans mes poches. Quand je passe devant le café Les Misérables, je les touche pour me rassurer. Et je me dis, non ne regarde pas par terre. Ne regarde pas ce pauvre chien qui attend à la porte avec son chandail de hockey. Je ne réussis pas toujours. Il m'arrive de m'apitoyer sur le sort des autres, même s'ils ne sont pas mes semblables. Mais aujourd'hui, j'ai réussi. J'ai passé mon chemin, le nez en l'air. Forte de cet exploit, je me suis dit que c'était le bon jour pour régler mes comptes en souffrance, mettre un peu d'ordre dans ma vie. Faire un grand ménage. J'ai lavé les vitres de ma fenêtre. Je ne l'avais pas fait depuis la disparition de l'éléphant. J'ai rayé plusieurs noms dans mon carnet d'adresses. J'ai recousu des boutons. Reprisé des trous dans mes collants. Jeté des vêtements. Des vêtements que j'avais portés dans des situations humiliantes.

Je ne sais pas pourquoi, mais je n'ai pas recousu le bouton qui manquait au manteau de la femme de l'Est.

CINQUIÈME LETTRE À LA FEMME DE L'EST

Il manque un bouton à votre manteau d'Amérique. Il manque un bouton à la même place que sur celui qu'on vous a volé. Celui près du cou. C'est votre seul geste qui traduit votre nervosité, un certain malaise, quand vous sentez que vous n'êtes pas à votre place ou quand on vous pose des questions embarrassantes. Vous tirez sur le bouton du haut, comme si vous manquiez d'air. Il finit par céder. Trois mois plus tard, il est toujours dans votre poche.

Peut-être que nous nous ressemblons un peu.

AU PAYS DE L'EST

Partir. Quitter ce pays comme j'ai quitté l'est de la ville. Oui, je pourrais partir d'ici, pour aller au pays de la femme de l'Est. Marcher dans les rues bleues, à l'aube, parmi des femmes en manteau gris. Marcher sur les traces de la femme de l'Est. Traverser le pont. Revenir d'un rendez-vous où je ne me suis pas abaissée à quoi que ce soit. Retraverser le pont avec un chagrin noble. Monter les escaliers, ouvrir la porte de ma chambre. Voici le mur, recouvert de papier peint fleuri. Voici l'armoire où sont suspendues les robes que d'autres femmes ont portées avant moi. Enlever mon manteau. Le mettre sur le crochet au mur. M'asseoir sur le lit à une place pour enlever mes chaussures et mes bas. Laver mes bas dans le lavabo. Me regarder dans le miroir au-dessus du lavabo. Regarder le visage d'une femme qui vit une misère normale. Une femme de l'Est.

SIXIÈME LETTRE À LA FEMME DE L'EST

La nuit dernière, j'ai fait un rêve qui m'a aidée à vivre plus heureuse aujourd'hui.

Je marchais dans la mer. L'eau était tiède et peu profonde, ce qui fait qu'on pouvait traverser la mer à pied, sans crainte. Car cette mer-là ne serait jamais dangereuse. Donc, je marchais dans la mer et je portais un manteau de fourrure. (Celui qui avait appartenu à ma mère.) J'allais en Russie. Je me sentais fière de traverser ainsi la mer pour aller porter un souvenir de famille en Russie. D'autres personnes marchaient avec moi. Nous allions tous à la même place, dans le même but. Un jeune homme blond me demandait si mon manteau n'était pas trop lourd. Lui, il apportait des photos. Sur l'une d'elles, on le voyait en premier communiant. Je lui ai dit qu'il n'avait pas tellement changé. Il a pris mon bras et m'a dit : «N'est-ce pas merveilleux, nous allons voir le tsar.»

CHANGER DE PEAU

Il y a quelque chose de changé. C'est peut-être moi. À force de porter le manteau de la femme de l'Est, quelque chose est passé d'elle à moi.

Je recommence à rêver les yeux ouverts. Les souvenirs s'usent et bientôt seront effacés. Les souvenirs s'en vont et l'espoir s'en vient. Oui, il est possible de rêver.

Je vais à la bibliothèque, consulte des livres de voyages. Je vais à Budapest, Prague, Varsovie, Bucarest. Mais je ne vais pas à Sarajevo. Et pourquoi pas passer par la Russie? Visiter le palais des tsars. Traverser des ponts. Marcher ailleurs qu'ici, autour du parc Lafontaine, parmi les ruines d'un jardin des Merveilles dévasté. Ici, il n'y a pas eu de guerre. Ici, la guerre est à l'intérieur des femmes qui ont mal vécu. Mais bien que blessées, on peut survivre à la guerre. Et rentrer chez soi. Se regarder dans un miroir et se reconnaître dans cette femme venue de l'Est qui vous regarde sans baisser les yeux.

SEPTIÈME LETTRE À LA FEMME DE L'EST

Êtes-vous plus heureuse maintenant que vous êtes retournée chez vous? Dans votre Est à vous? Je me demande ce que vous êtes venue chercher ici. Peut-être êtes-vous venue voir si la misère était plus douce en Amérique et, la trouvant trop dure pour votre âme, vous êtes repartie, emportant avec vous, malgré vous, le manteau neuf d'une femme de l'est d'une ville américaine. Au début, vous étiez contente de cet «échange». Le manteau d'Amérique était chaud, bien plus chaud que le vôtre. Mais bientôt vous verrez, vous le trouverez étouffant. Bien sûr, il vous gardera à l'abri du froid. Mais vous comprendrez peu à peu qu'un tel manteau peut devenir un piège qui se referme sur vous. Qu'il vous isole, qu'il est une entrave aux gestes qui libèrent. Dans ce manteau américain vous ne sentirez plus le souffle du monde. Et ça vous manquera. Un jour, vous voudrez l'enlever, mais vos doigts resteront figés sur le premier bouton. Vous aurez peur du froid, de l'air, du vent, des trottoirs glissants, des pannes d'électricité. Vous aurez peur de tout et de vous-même. Vous constaterez que vous vous êtes habituée à un certain confort. Ça ne sera pas bon pour votre moral et ça finira par vous empêcher de vivre aussi libre qu'avant. Vous arracherez peut-être le premier bouton. Ça ne sera pas assez.

Mais quoi qu'il vous arrive, jurez-moi que vous resterez digne.

LA DIGNITÉ, MÊME À QUATRE PATTES

L'hiver s'en va. Il n'y a plus de neige sur les trottoirs, mais il en reste encore un peu dans le parc Lafontaine. C'est aujourd'hui que toute la neige va disparaître. Il est sept heures du matin. Il pleut.

Je suis réveillée depuis longtemps. Dans la fenêtre, j'ai vu l'aube se lever. Bleue. Je suis descendue dans la rue et j'ai marché dans les rues bleues. Le temps était plus doux. Bientôt il fera trop chaud pour porter un manteau. Même celui de la femme de l'Est sera trop chaud. L'hiver a été dur. Trop dur pour marcher dans les rues blanches avec le manteau d'une femme de l'Est.

Il pleuvait de plus en plus. J'étais trempée. Je suis entrée au café Les Misérables. J'ai déposé mon manteau sur le dossier d'une chaise près du calorifère, pour qu'il sèche. Les poches sont pleines de lettres qui n'ont pas été postées. Sont-elles mouillées? Cela a-t-il maintenant une importance? J'ai pris le journal. Consulté les petites annonces. Je cherche un appartement à louer. Cette nuit, j'ai pris ma décision. Je vais déménager. J'ai noté des adresses et des numéros de téléphone. J'ai pris rendez-vous pour visiter une chambre dans un vieil immeuble avec un grand escalier. Une chambre avec lavabo. La salle de bains est sur le palier.

Quand je suis sortie du café, la pluie avait cessé. Oui, le temps est vraiment plus doux et le soleil commence à chauffer. Le chien était à la porte. Patient, pitoyable dans son chandail de hockey. J'ai voulu continuer mon chemin. Impossible. C'est ici que je dois m'arrêter. Ici devant le chien. Parce qu'on peut toujours faire quelque chose. Retrouver les gestes qui libèrent. J'ai caressé sa tête. Il m'a léché la main en levant vers moi ses grands yeux humides d'espoir. Alors, je lui ai retiré son chandail. Un beau chien. Tout en muscles. Un chien fort. Un chien qui peut sauver des vies. J'ai enlevé mon manteau. Le manteau de la femme de l'Est. Je l'ai déposé par terre. Le chien s'est couché dessus.

Je suis repartie avec le chandail de hockey. Je l'ai jeté dans une poubelle. Je suis partie en sachant que plus jamais je ne reviendrai. Je suis partie en sachant que désormais, quoi qu'il arrive, je resterai digne. Oui, je le jure.

TABLE

Tomber à l'eau 9
Descente de lit 11
Une femme à la rue 13
Bienvenue chez Les Misérables 15
Un «tout compris» avec un éléphant 18
La fragilité mène une chienne de vie 20
Une nuit réparatrice 22
Un certain malaise 24
Les petites annonces 26
Rendez-vous au Palace Delicatessen 28
La loi de la jungle 30
Petite musique de nuit 33
Les choses matérielles 35
Une fille inquiétante 37
Vie nocturne 39
Une autre femme, si possible 41
Un manteau de misère 42
Voleuse d'occasion 44
Le règne végétal 46
Voisin? Voisine? 48
Le règne animal 50
Des femmes de pierre 52
Une femme indigne 54
La folie en face 55
Les lieux du crime 57
Retour dans l'est 58
Le pèlerinage d'une fille de l'est 60

À l'est des souvenirs	62
Madame Bovary de la rue Rouen	64
Rêver à l'Est	68
Pour en finir avec l'est	70
Le chemin de la fierté	71
Le jardin des Merveilles n'est pas sur la terre	72
Porté disparu	73
La fin d'un surintendant	74
Le blues des misérables	75
Inquiétudes du lendemain	78
Première lettre à la femme de l'Est	81
Toute la différence	82
Deuxième lettre à la femme de l'Est	84
Exercices zen	85
Troisième lettre à la femme de l'Est	86
Des hommes qui repassent	88
Quatrième lettre à la femme de l'Est	89
Le grand ménage	91
Cinquième lettre à la femme de l'Est	92
Au pays de l'Est	93
Sixième lettre à la femme de l'Est	94
Changer de peau	95
Septième lettre à la femme de l'Est	96
La dignité, même à quatre pattes	97